U0501553

西双版纳
在天边

雷平阳　著

许云华　摄影

长江出版传媒　长江文艺出版社

许云华，拉祜族。中国摄影家协会会员，云南省摄影家协会副主席，西双版纳州摄影家协会主席，西双版纳国际影像展艺术总监。著有《一江五国游》《佛寺旁边是家园》《手机微博》。

雷平阳，写作者，云南昭通人，现居昆明。出版诗集、散文集多部，曾获人民文学奖、诗刊年度奖、十月文学奖、钟山文学奖、华语文学传媒大奖诗歌奖、鲁迅文学奖等奖项。

目　录

灵之祭

狩猎者

隐秘森林

渡　口

春风咒

一

哀牢山的荒草想还魂
搬走压顶的石块，让云朵
运来充沛的雨水
我们就成全它们吧
梨花坞的桃花，是群异乡人
它们想穿红棉袄，想提红灯笼
发誓要抢在梨花的前面
轰轰烈烈地开
我们就默许它们吧
看着它们，在每根又黑又瘦
的枝条上，安满红色的小喇叭
金沙江东岸的一座旧城
被拆了，几千年建成的故乡
说没就没了。那些被连根拔出的
寺庙、牌坊和祖屋，它们想重生
我们就为它们超度吧
——那些挖出来的白骨
没人收拾，还请流水，把它们
洗干净，葬之于天涯

二

去奠边府的人，踏着月光
回来；去暹粒的人，杳无音信
他们都没有见过雪山，但心存雪山
他们都想回来，但有一些人
回不来了，活于幻象并爱上了幻象
寺庙中听来的只言片语
让满地的落叶，飞回了树上
经卷一样的湄公河，在回不来的人们眼中
是一座散开了的雪山，在温暖的钟声里
带着回来的人，缓缓地，修筑天梯

三

侣影伴灯，内心枯寂
在佤山的阴影里，我把头颅
插进草丛，然后，开始低吟——
"我们来自司岗里，嗯哼嗯哼嗯哼哼……"
伟大的子宫，阿央白；圣洁的子宫
司岗里，嗯哼嗯哼嗯哼哼
我以为我的源头找到了，得救了。我以为
我的吟诵奔向了地心，喊醒了草籽
和兽灵。远处落日镕金啊

挂满牛头的山谷，只有一只苍鹰在飞

四

基诺山。杰卓老寨
耄耋之年的寨父，扒开
床头经卷，吃力地，移身窗前
——落日之下，莽莽苍苍
"青山窟里起炊烟"，一句汉诗
悬浮在一朵兽形状的云块下面
"心在天山，身老沧州"，另一句汉诗
令他泪水涟涟。他为自己
拟定了魂路图：下了基诺山
渡过小黑江，在人鬼分家的地方回首
在孤魂徘徊的旷野，烧掉
人间的经卷。忧愤地离开
他比谁都清楚，重生乃是贪念
以死抵达或死也不能抵达的地方
不在山河之间，不在高出地面的
草丛、鸟巢、清风和月亮里面
念咒的母语灭绝，他的山
像一座空了的寺庙，已从人世走开

五

时光漫漶，低头的少女
抬起头，已是暮年。那一天，飞机
呼啸过头顶，扔下的炸弹
激起一团火焰和狼烟。在房屋的
废墟上，她只找到了母亲的一条手膀
上面的手镯和戒指，仿佛是留给
她的嫁礼。血光的斑点，渐渐变暗
她从此便抱着这条手膀
在高山之巅，看见飞机，就风一样追赶
巫师一样诅咒，坎坷的尘世
让她的两条腿，分别摔断过
也让她的喉咙一次次嘶哑
她多想飞起来啊，让她享有
飞机一样的高度和速度，让她
有那么一次机会：用头，撞毁
其中一架。母亲的手膀，在她怀中
早就腐烂了，如今只是一些骨头
套在上面的手镯和戒指，虽然已经不合身
但她始终没有取下。有时候
看着飞机远去，又一架飞机远去
她会将怀中的白骨放入草丛，抽空
在溪水里，洗一洗自己满头的白发

溪水里的她，被她看见，她又会
马上跳起来，抱起母亲的白骨
端坐于高山之巅。时光所剩无几
飞机还在飞来，她不想错过任何一架

六

……活在荒草的世界中
我已经接受了它们的命运和宗教
一张绿油油的脸，有着枯黄的灵魂
有着一面空气的镜子，并让
灵与肉，重叠，不差分厘
没有避世的念头，御风而行，到了无人区
我只是缩小了身躯，贴近了土地
找了个角落。自由：从下而上。由茎而灰
自由，像体内走掉的那滴水
过一段时间，它又会让一只蚂蚁背着
悄悄地回归，大海一样，波光粼粼

七

哀牢山的树，一棵
想变成两棵，它们都爱上了自己
湄公河的水，每一片波涛
都想隐形，它们都想减少

怀中的寂静，更少，直到没有

寂静才是寂静。一个少年

穿着一件偷来的袈裟，在沙丘上

种植菩提。年复一年，沙丘上

全是枯枝。他想死心，他想

自成菩提，但他无法停止

能不能给他开示，让他，在沙丘

用几根枯枝，为自己建一座缅寺

八

秩序的重拾，始于黄昏

旷野上，有什么东西

在边跑边叫。不是石头，也不是马群

不是泥土和青草，也不是河流和鱼

夜色越来越沉重，转身离开的人

又折了回来，坐在水塘边

聆听青蛙的叫声，它比鹤鸣

多了一份心肝，比鸦噪少了一丝诡异

它带来雨声，水的气息。它把水底的雷霆

抱出水面，就像那个饮弹的和尚

满世界寻找子弹的主人

他们都不会疼，喊破夜空

也不是喊疼。闪电，子时的旷野上

出现了一群僧兵，旋即消逝

九

又一次行走在山中，天的底层
又一次造访坚硬的岩石，随手抄录了
溪水、野花、白云和树木的地址
以前我给它们写过信，像壮族人的歌书
尽情地赞美自然之神。又一次
我在山顶和谷底之间连续往返，泯灭的
少年精神，再度来临。山顶舞剑
谷底抚琴。举杯邀群峰，借着酒兴
背靠一棵松树，捧起《离骚》
高声朗诵。又一次，忘记了地点
忘记了时间，一个人的革命
像场没有观众的哑剧
多么安静啊，只听见石头里面
一阵风声，一阵雨声
窃窃私语的，不知道是虫还是人
另一种声音，则来自地底
这儿没有白骨，它应该是那些
丢失了白骨的人，在地下跑来跑去
一边跑，一边喊着自己过去的名字

十

坚守于雪山小屋，人的极地，他想
在结冰的血脉中，找到一轮红日
自戕性的挖掘，惊起几只云朵里睡眠的鹰
围着雪山飞。之前，他不敢登高
也很少远行，在寺庙中护理放生池
再之前，他是老和尚的私生子
瘦弱，麻木，经常在春天流鼻血……
给他一条还俗的路吧，请牧神
把这些积雪变成羊群，并让他
赶下山去。从雪山到人尘
他会路过兵工厂、屠宰场、殡仪馆
我们暂且不要告诉他，这些设施的功能
我们只能贴着他的耳朵："你的母亲
她老了，白发在月光中，一再地飘起。"

十一

奏折阅尽，窗外的桂枝，几只燕雀
上下翻飞。宫墙之外，是稻田
青禾还躲在地层里。一个农夫从苍山下来
身后跟着一泓溪水。溪水之源
在崇圣寺。小小的一座寺庙

出家人里，有几位，曾是这儿的皇帝

他的祖父、父亲和哥哥。他们

依次走掉，视河山为累赘

现在，他也开始盘算，还有几天

他就可以走下龙位。袈裟早已备好

一个个嫔妃，亦嫁至市井

公主不愿涉足红尘，他在最僻静的山谷

为她修了一座尼姑庵，某个窗口

看得见崇圣寺。昨晚，春风大作，月光里

他已跟侄儿谈妥，一心向佛的少年

愿意接替他，做几年皇帝，唯一的

条件：他必须在崇圣寺，为少年

预备一间禅房，靠山，临水

十二

白色的霜地，刽子手

最先踏出足迹。他们还碰落了

草叶上的第一批露水。荒野上没有行人

在尽头上活着的人们，沉溺于梦乡

渐渐逼近的锋刃，他们视为树枝

无数次经历。其实，暴力美学

有着太多的假想敌，这些尽头上的异己

他们早就化剑为锄，归于寂静

村庄在尽头，房屋在尽头，粮仓在尽头

语言和情爱，在尽头，儿孙在尽头

思想，在尽头。没有一条路

通向世界。没有一颗心，渴望升起

我以民俗学家的身份，曾经到过这里

一无所获。这里的眼睛，没有闪电，向内

或关闭。耳朵，结满蛛丝，听不见

雷霆或滚石。关于嘴唇，我在笔记里

写道："在这里，说话是一种耻辱

舌头，变成了纪念碑。不，应该说

那些牙齿，更像两排对仗工整的墓碑。"

在这里，蛙不打鼓，羽兽不鸣

一座小小的土地庙，刽子手

潜伏在里面，仿佛置身于密室

面目全非、满身开裂的泥菩萨下面

可以讨论和分配：栽赃、杀戮和死

十三

离开乌蒙山到别处去

他们的身后，天空一直向下

抛丢着巨石。甜果回归蓓蕾，等着

春风吹；骷髅长出血肉

从墓地返回村庄，另外的世界

也没有廉耻。反之，为了迅速地苍老

人们的爱，是恶狠狠的，充满杀气……

一种反向的文明，被培育，被倡导

贴着地皮，翻卷着，无边无际

高僧不诵经，入屠门，喝生猪血

娶肥臀女子为妻，言必半生虚度

一定要从头活一次。农夫不种地

田边地角，听广播，读报纸

喊口号，赛诗词，坐地日行八万里

——我们为此祈求吧，吹动佛尘

如柳丝，让万千狂跳的心，趋于静寂

我们为此撕开大地的皮，命令

滞留于地下的人，用眼泪

给种子润心、催生、浇水

为荒芜的世界，留存一点点期冀

十四

荒草的清明节，昆虫将喉中的喇叭

一一关闭。或在土中，伸出小舌头

深情地舔着草的根须；或在晨晖里

用翅膀，抱着枯叶，小声小声地哭泣

蚂蚁从自己的巢穴，背来热土和水

一只只身份不明的蛹，贴着草茎

讲述着蜕变和重生的技艺与乐趣

很多马匹，从梦境中获取草籽

种植在自己的肉里，它们期待着，期待着

绿油油的青草长满自己的身体

埋在土里的石头，一直想表达

一个不朽者，对生死轮回的向往

嘴唇被查封，四肢被收走，体内的热量

也被冷冻成冰，只好继续压住自己

麻木不仁，一派死寂

十五

我独自在山中挖药。月至中天

的时候，融雪，升火，念咒，炮制丸子

地上升起的夜色，躲进药丸

配伍中的神秘部分，带着黑的使命

暗中呼应浩浩荡荡的流疾

我在药丸中，加入过闪电、鸟鸣、黄金

寺庙的香灰和经卷的粉末，还在药罐旁边

摆放了一面蓄满阳光的镜子，也难以改变

药丸的品质。它们的黑，总是无力剔除

有一次，我在白天煎药，一只乌鸦飞过

它的影子，漆黑，一闪便下落不明

空荡荡的山，为此陷入心理上的

不可救药的黑暗，孤绝，暗疾流传

十六

他郎江流经的地方，母亲的头发
又长又白。哀牢国里的采玉人
面色寡淡，目光迷离。那条双向的路上
信使背着遗骨，不知道收件者的地址
落日苍茫啊，坐在路边的驿栈
他要了一碟花生，一碗酒，一边饮
一边哭泣。这是第几堆寄向虚空的
遗骨了？想起一堆，天上，就跳出一颗星星
想累了的时候，月亮撒下的骨粉
铺白了大地。类似之前的每一次
此时，驿栈的老板娘，总会扭动着腰肢
清风一样来临。到了他身边，一个急停
弯下腰，噘起红唇，往他耳孔里吹气，把他
即将飞走的灵魂，堵截在肉身里
——明月夜，短松岗。每一次
都是这个夷边的女子，和他一起，把邮件
投入哀牢山的怀里。一排排，男性
坟头对着他郎江；一排排，女性，坟头
直指玉山窟。都是些再不会掉头的箭头
信使知道，其中有一些，肯定彼此
都是收件人，最终住在了一起
灵魂却各奔东西……信使已经老了

很多回，跪倒在缅寺，他都想辞掉这营生
回家种地。可一旦看见菩萨的笑脸
他又倒退着，躬身离开了缅寺
当然，他也放不下那个夷边的女子
那坟岗之上的做爱，多么不真实
被拓展了的边界上，有着神鬼附体的恩赐

十七

它一直以为，水是石头的怨偶
其实两者都乐于被穿透。它觉得
是一双隐形的手，把人们推向了末日
原来也不是。它一厢情愿地认为
心慌、不安和焦虑，已经让一座座纪念碑
每天夜里，都梦见了轧轧驶来的推土机
结果，推土机从来不开进梦境
它一口咬定，有人在山中修筑寺庙，不是向善
是为了死死攥住功德箱的钥匙，这种人
是魔鬼的化身。事实上，这种人
给无处安身的神灵，提供了一个神位
它常常感到，密林中的华南虎并没有绝迹
全都移住在了高等动物的身体里
真相令人悲伤，人变成了虎狼的奴隶
……叙事，剧情，总是在反高潮的轨道上
默诵着，与它对抗的台词。它想放弃

又不甘心，不知道自己输给了谁
越来越少的悲悯，像大幕落下之前
戏子口中，那最后一个叹词

十八

我有过一个苍老的邻居，把很多钟表
埋进土里，或放入草丛，或装进红色的
小木匣，投入溪水。我还有过
一个铁匠朋友，在金河与怒江之间
开了个打铁铺，打出的铁树，栽满山地
铁豹、铁狼、铁虫，在幽深的林中
生满了红锈。老邻居太信赖钟表了
铁匠，却没能传达出他想看见的
动物的痛苦、爱恋和呼吸
旷野之上，蔓延着密室的神经质
钟声滴滴答答，在寂静或喧哗的土中
草丛、水里，不停地响着。那些铁器
在山中，什么也没听见，甚至没有
象征性地动一下，跑一次

十九

玉局庵的北侧，雪又飘了一夜
南侧是杜鹃林，花朵顶着白晃晃的月光

画牡丹，还是读骚？莲心师傅
有些犹豫。愤懑了，花香无痕
都是僻静处的活计，犹如以水洗水
用无换无。当她不染纤尘的枯手
伸向雪一样的宣纸，敲门的声音
不啻于晴天霹雳："师傅，小师妹说
北侧的雪地上，冻死了一个年轻的男子。"
莲心澄明，死者来自感通寺
是净空和尚的小徒弟，爱上了
自己的徒弟无影。雪还在飘
莲心对着白茫茫的苍山，一声叹息之后
叫过无影："以雪埋雪，立个碑
用雪水写一行文字。"无影听着，手有些战栗
转身的一瞬，无影看见，师傅脸上
有一滴泪水。当然，莲心不会知道
——无影，把死者埋入了杜鹃林
并在地上，写了一句净空和尚的诗
这个空门里的妙人儿，从此息心
一点，一点地减少着自己

二十

祖传的玉佩里，有祷告也有咒语
它们绕开了家庭战争的悲剧
却回避不了这样的问题

——人，为什么越走越少？解下的玉佩
堆满了宗祠，无人继续将它们
无止无休地传递。这就像《诗经》和《论语》
从竹简来到纸上，每一个偏旁部首间
都高耸着伟大的传递者们，一座又一座的
坟冢，时光不以年计，浮沉多于风雨
到了我们这儿，一度被视为旧的
贬入了地狱。在类似的节点上
天空外面的云南，基诺人为了自己
还活着，有着人的外形而倍感羞耻
他们都想前往司杰卓密，但没人
将他们手心上的浮世图，用血泪洗去
"没有服完地上的劳役，死也到不了的地方
名叫勐巴拉娜西，在司杰卓密的头顶。"
寨父一直在耳边，威严地低语。基诺人
排着长队，苦苦等着，等着寨父
慈善地喊出自己的名字。然后，把肉身
一点不剩地还给土地，得救了
空气里的步伐，又快又轻

二十一

春风，贴着地表，走在
来的路上。我，我们，不分昼夜
召集着亡灵，忙着在每一粒种子内

安装发动机，也忙着通知寺庙里

在手工纸上抄写经书的老和尚，告诉他们

南迁的僧侣又回来了，赎佛的人

一个比一个年轻……我知道

这是轮回，而我也乐于在茫然与孤绝中

梦奠过去。苏轼曰："风雨闭门

怡然清卧而已。"我亦听见了风雨

过了哀牢和乌蒙，吹向了内地

屋子里光线微弱，书卷上的汉字

象形，成形，活了过来，争着承担

那本该属于它们的高贵、悲苦和使命

二十二

又苦。又空。林泉玎玲。藤条和荆棘

在四方合围。几个负罪的逃犯

慌不择路，来到这里。跑不动了，只想

停顿一会儿，喘几口气。那座埋魂

的古墓，推开石门，内室大得像宫殿

围着柴火，甲说："我还是觉得

背后有一颗子弹，正在飞来，飞得很急。"

乙拍了拍满是尘屑的裤腿，低下头

声音仿佛出自墓底："有一群蚂蚁

正在我的骨头里挖金子。"丙借着火光

在墓穴中表演他的飞刀绝技，一边投掷

一边嘟噜："真是怪了，刀子飞出
在这儿，怎么无声无息?"丁是个哑巴
他深知，他从此得到了自由和安宁
忙着从外面抱回成堆的干草
和树枝……他们几个，谁都没有冤屈
之后的躲藏岁月里，安静，沉默
不管是谁，一旦患上了思乡病
就来到墓门边，小声地念出上面那行
长满青苔的字："刘北方埋魂处
祖籍湖广长沙府……"也不管
刘北方是谁，长沙是不是他们的故里

二十三

当狷傲者平静下来，世界重新回归
市井。人们不再谈论消逝、退隐或者
超越自己。话题散淡了，多元了
没趣了，却能让一个个陌生人
义无反顾地，一生守在身边，继而死在
自己的怀里。有人召集了一千个盲人
在雪山下拉二胡；有人请来一万个哑巴
站在海边上，劝他们，一定要释放
胸腔里的雷霆；那些流落异乡的赤子
则把寺庙中所有的僧侣，请到荒野上
对着故乡，一遍又一遍地诵经……

黄庭坚曰："去国十年老尽少年心。"
更多的人，活在生活的肉里，肉做的天堂啊
响着贴心的木鱼声。老去的
是烟囱上面的天空，厂房里的江南
是诗歌和书法，是父亲和母亲
平静的老，不会下沉或上升，一直都在
平面上，不管春风吹不吹

二十四

我一生最大的梦想
——做一个山中的土司
有一箭之地，可以制定山规，可以
狂热信仰太阳和山水，信仰父亲和母亲……
老之将至，在水边，筑一条长廊
扶着栏杆，细数江上的波浪、星光和柳丝
鹭鸶飞来三两只，搅乱了方寸，但不惊慌
从头再数，江上的波浪、星光和柳丝

渡　口

一

悬崖高耸，凌乱，江水从雪山来

由圣地到浮世，面容日渐粗粝

呈灰白色。有人的声音加入流水，岸边的

榕树，就开始测度云朵的高差

以及小世界的荒芜。这儿已是穷边

澜沧江仍然朝着前方，又划出了一条

几十公里长的河床，作为渡口的后院

收留跑步前来的溃散、破碎和流毒

"江水里有个声音在喊我，喊我死？"

我且在心底切除幻听的耳朵，卷起血管

不让它与江水秘密会合，做个哑巴

拒绝与江水交流。像徐牛一样

天地之间，一个人守渡、摆渡，领受

昏天黑地的孤独。澜沧江怀揣着

圣旨、电报、经书和药品，跑得汗水纷飞

徐牛渡是静止的，徐牛喝醉了，在睡觉

我也想在澜沧江上草草打发一生

有个渡口以自己的名字命名

想了一下，心脏之上却结了一层寒冰

波涛耸动脊梁，暮色必将诞生
他和我，坐在木船里喝酒
日落之后，我看繁星比瓜大，他什么
也不看，看酒。继而大雾下山
世界重归司岗里、阿央白，他皮肤黝黑
隐身了，剩下一双布满血丝的豹眼
我用他对应灵薄狱中的流水
和岸上不知出处的虫鸣
"兄弟，再来一碗，醉死，醉死算了……"
每次这么说，徐牛的声音
都提供终点和结局

二

隔着两个朝代，诗人赵翼行至高黎贡山
歌曰："回视飞鸟但见背，俯瞰众峰
已在骭。"他觉得，这方好山好水
在云南落草，乃天大之憾
"归途我欲挟之行，携置姑苏虎丘路！"
二〇一三年五月，我行至同一座山
他说的气象，早已被他连根拔走
残山剩水，天与地，隔着不止两个朝代
相爱和相残。唯一令人振奋
蛮荒得以流传，恨憾得以流传，幸莫大焉
在一片坟地里，我还听见一问一答

甲问："你知道什么叫战争？"

乙答："每一张树叶上都有三个弹孔！"

幸莫大焉，人鬼还没有分家

尘土、石头、草木，还有痛感

甘蔗在岩石间生长，瘦弱但信奉甜

玉米的青苗借橄榄树的阴影躲避烈日

苦海无边，却持守着饱满的

生存信念。山洞里有一座小庙

泥巴塑的三尊偶像，左边是耶稣

右边是释迦牟尼，端坐中间的

是土地菩萨。不知天高地厚，不分

主次纲常，强化的仍然是土地的高高在上

教徒、金刚、罗汉，生活在村庄里

有的劈柴、击壤、凿井，有的

洗衣、哺乳、做饭，内心深处

还附带留存着泛神论和巫术

敬畏万物，祭拜鬼怪，从生到死

没有话语权，但从不动改天换地之念

三

醉卧至半夜，江风摇船，我与徐牛

梦中的流水高过了船舷

鱼儿在梦境之上产卵，白花花的一片

堪比月色。雷声隐约而沉闷

闪电次第开遍万籁寂静的江与山

我继续沉沦，怀中抱紧笔直的橹片

他纵身跃到船头，对着闪电、雷声和江水

一边自慰，一边大吼，疯狂抽搐的身体

像另外一叶带电的小舟，翻卷在

天堂的门口——与其和行踪不定的女人

交欢，不如和体内的妖孽

在石破天惊时邂逅并骨碎肉飞

——那一刻，在不同的戏剧中，我与他

身体倦怠了，灵魂却在战神的引导下

于刀锋上，迅疾地奔走

骤然来临的暴雨，没有让人心灰意冷

缅甸一方的岸上有人大叫："徐牛，徐牛……"

这种时候过江的人，徐牛知道，他们

通常都是些离死不远的人。像出殡一样

他把船视为棺木，撑到了彼岸

两个穿着雨衣的中年男人跳了上来

满江都跑着不死心的短命鬼，见多了

徐牛一句话不说，返航途中，唱起了歌

"山高坡陡，我的儿啊，你在哪一条山沟

江水流淌，我的儿啊，你在哪一片沙洲……"

黑夜，暴雨，江上，徐牛的歌声

类似喊魂。雨衣客中的一个，掏出枪

指了指我，然后逼住徐牛："你们老实点

否则……"第一次面对枪口

我双腿发软，徐牛却一声冷笑
指着我，对着持枪人咆哮
"别把他吓死了，枪，收起！"
船随之停在了渡口，"滚，给老子滚快点！"
徐牛再一次咆哮时，两个不知做什么营生的
雨衣客，踉踉跄跄，扑向了国土

四

江水被开肠破肚之后，一座座电站
就是一座座能量巨大的天堂
上帝的牧羊人，在山中迷路了
赶着羊群，沿着电网的线路向前走
他坚信，任何一种路都存在尽头
而尽头也一定会有村庄和坟墓
他是一个执迷不悟的信徒
却在无意识中把信仰当成了赌注——
当他和羊群途经城市，站在电线的
蜘蛛网下面，他失去了尽头。旷野消失了
陡峭的世界幻化成了魂路图上的魔窟
没有青草和水，人与建筑仿佛
中了魔咒一样冰冷，他与他的羊群
亦听从这魔咒，在屠宰场血腥的流水线上
瞬间就被剥皮抽筋，转世为一堆堆白骨

同样，从大海上溯，鱼群

游至拦江大坝，一点也不相信

世界的尽头不是雪山而是一堵绝壁

它们觉得很反常，前往水源圣地

道路竟然如此短促。它们团团乱转时

蜂拥而至的，是灰色的渔民

来不及回望大海，来不及绝望

它们已经——被捕

是该有人将鱼的骨刺与冤魂

带回江的下游，那儿的两岸

寺庙林立，另外的一些国度，这条江

还是慈母，还是不可冒犯的

众生和死者永恒的安息处

五

喜欢小赌一把，但徐牛逢赌必输

一个牛贩子，双眼充血

用匕首顶着他的胸膛："再不还钱

这儿不会再有徐牛渡！"一个木材商

把徐牛欠下的赌资，换算成运费

让徐牛免费为他偷运红豆杉和望天树

也有贩卖虎骨、象牙和犀牛角的人

只要徐牛不当暗线，偶遇盘查时

还能保持沉默，他们就会拍着他的肩膀

"那些欠账一笔勾销了！"并顺手

扔给他一串象骨念珠。兵荒马乱的时候

江的两岸都是失魂落魄的难民

徐牛的渡船运送不了那么多

看见有人跳江横渡并被波涛带走

他就放声大哭，深感自己

一输再输，输得近乎赤裸

一同跟着输掉的，远不止这些。小小的船舱

没有世界观，担不起为时代摆渡的重负

但这条激流之上的小船，却一再地为之沉没

为之支离破碎。在船上，徐牛捡到过翡翠、鸦片

刀枪和迷药。让他手足无措，不止一次

船到岸了，渡客都走光了，船内的包袱不知谁

遗下，打开来，里面是嗷嗷待哺的孩子

丢在船上的一条绣花棉被，他掀开，吓了一跳

里面有一位老父亲，患老年痴呆，四肢被麻绳绑住

江边有很多座坟墓，其中一座，埋的是一位母亲

——她从东北出发，来找儿子，儿子杳如黄鹤

搭船过江时，她最后一口鲜血吐光，跳进了流水

徐牛还打开过一个雕花的木箱子，里面装着

一本家谱、一份遗嘱和两堆遗骨……

有一次，野渡无人，徐牛坐在船头钓鱼

没有鱼儿上钩，却有一根黑洞洞的枪管顶住了

自己的后脑："快开船，不然，老子开枪了！"

这时也果然听见一阵阵枪声来自江边斜坡

侧眼一瞅，十几个人在追赶两个人，都在
跑向渡口。追赶的人朝天放枪，跑在前面的人
一边抛撒假钞，一边胡乱向身后射击
用枪顶住徐牛的人，徐牛见过
光头，大脸，浑身是肉，是个笑和尚
还俗的和尚，自称贩卖山货。这一次
和尚不笑，一脚踢飞了徐牛的鱼竿
"开船，马上开船！"船刚离岸
两个逃命者已到了江边，跪在地上
向离岸的笑和尚哀求："大哥，带兄弟一起走吧！"
笑和尚不让徐牛返回，两个逃命者，其中一个
抬起了枪，砰的一声，徐牛的脸上便溅满了血浆
饮弹的不是徐牛，是不再会笑的和尚

风吹岩穴，水波拍岸
宿醉中醒来，徐牛对着苍天、大地和我
高喊了三声。据说，他身体中各个器官的魂魄
因此纷纷醒来，手耳鼻眼喉，心脾肺肝胃
都有奇异的力量死死地守护
他又从船舱里抱出了一坛玉米酒
"兄弟，我是个众魂离散的鬼
今天咱们接着喝，直到风平浪静！"
与徐牛比，我状如一株玉米
醉倒或亡失，唯一的灵魂，只会托付给
另一株玉米。我是孤单的、脆弱的

盼望山上站着的玉米神

拉我一把。但我似乎又迷上了

孑然一身的孤绝与自在，渴望在这儿

下落不明，被秘密处决。那就喝

往死里喝吧。喝到中途，看见过月亮

还听见徐牛在呵斥离他而去的

逃至对岸的魂魄。再喝，将身份证

钱夹和手机，以及诗稿，扔进了水中……

哭了没有？哭了。诅咒了没有？

诅咒了。哀求了没有？哀求了

裸体了没有？裸体了。学鬼叫了没有？

鬼叫了。揍徐牛了没有？揍了

喊爹娘了没有？喊了。忏悔了没有？

忏悔了。问天了没有？问了

发毒誓了没有？发了。想死了没有？

想死了。借尸还魂了没有？没有

六

修筑寺庙的地方，是野草和荆棘让出来的

建起村庄的地方，是野草和荆棘让出来的

种植庄稼的地方，是野草和荆棘让出来的

——有些地方，则是人们

从野草和荆棘那儿横刀夺来

比如煤窑、采石场和木材加工厂

墓地是野草和荆棘让出来的，野草和荆棘
还让出了牢狱和刑场。医院和学校
是野草和荆棘让出来的，并顺便让出了
图书馆和精子库——有些地方
却是人们从野草和荆棘那儿
强行征用的，比如水泥路、钢铁公司
和形形色色的广场，以及纪念堂
商山和南山是野草和荆棘让出来的
昆仑和敦煌是野草和荆棘让出来的
长安和北京是野草和荆棘让出来的
这些地方又让野草和荆棘长满了
自己的心脏——有些地方，至今一派荒凉
但野草和荆棘不想按自己的意志
自由地枯荣，它们想彻底让出
它们学会了汉字和英语，想在高速公路上
狂奔，并死在高速公路上

巨石自成神灵
身下埋着皇帝；垃圾处理厂的原址
曾是一个美人的坟墓
屠宰场的前身是财神庙，庙门前
一对石狮子，屠夫在狮子头上磨刀
削走了半截狮子头，后人信奉为神迹
哦，想让新的尸体上长出野草和荆棘
想让寺庙、村庄和庄稼地里

长出野草和荆棘；想让一座座城市综合体
也让一让，把会所和贵宾休息室
让给野草和荆棘。哦，我们只能
寄望于反扑过来的野草和荆棘

七

徐牛的声音里有雷霆，他对着我的耳朵
猛喊："船在下沉，船在下沉！"
我破茧于一场春梦，在反高潮的
异力中，慌乱地起身，来不及偷换
内裤和重现的孤单。天空还没有泛白
满天星宿，如狼群的眼睛
突来的灾难令我慌不择路，分不清
陆地和流水。却见鬼影一样的徐牛，手上
提着一盏黑灰色的马灯，身边团聚着
蚊虫的乌云。这个杂种，他笑盈盈地说
"走，我带你去山顶看日出！"
——日出癖曾经独裁了我们登高的
目的和意义，挤在亢奋的难友中
断头台一样的山顶上，我看过
数不清的日出，膜拜之心、得救的感觉
早已挥霍殆尽。他们尖叫
我是尖叫的敌人。他们惊叹
喷薄而出的美，我是美的悼亡者

他们以壮丽和希望，借喻个体的命运
我是壮丽与希望从黑暗走私而来的
悲观主义者——惊魂未定，本想倒头再睡
但我还是走到徐牛面前，狠狠地
给了他一拳。他捧着肚子，借势入舱
从舱底操起一把砍刀，刀背搭上
我的肩头，仍然笑着："兄弟，我一定
要把你押赴山顶，用刀逼着你
看一看澜沧江的日出！"

当他拿出刀，他已动了杀心
我且丢开自律，以倒退的方式登山
盲人一样，我步步都有绊脚石，都有
难以攀登的绝壁，而且还横穿了
一座又一座古木与长藤的集中营
和一个个乱石与沟壑的迷魂阵
徐牛每挽救我一次，我都有耻辱感
这些耻辱感不相信减法，相加，相乘
往往又反过来，以惊人的数量和重量
羞辱着徐牛。最先绝望的是他
他在上山的中途，毫无预兆地丧失了信念
丢掉了马灯和砍刀，以商量的口气说
"我们停下，我们停下吧！"
那一瞬，我的背后是一条横断的山谷
几朵白云从谷底飘了上来，仿佛就为了

把我托住。我庆幸一切都结束时
我们停下了，但我否认自己
侥幸地躲过了一劫。而且我还想校正
徐牛内心的偏激和愤懑，不是我
拖延了什么，就意味着我们错失了什么
我来到了断崖上，证明我已经屈服
哦，太阳已经不是日出，它已升得很高
冲破、喷薄、霞光、天上的神
以及新世界和新的一天
也已经是过去时。徐牛在草丛中
疲惫地睡去，作为苟活者
我却惊讶于俯视角度中的山野与澜沧江
它们完好无损，飞鸟不写遗书
清风在清扫天上的灰尘，流水
像神的沐浴液，慈爱地洗涤着山体……
我身在绝途，也没有了亡我之心
把判官的身份，还给了
一只向着山顶行进的狐狸

八

携我好仇，载我轻车。由澜沧江
去曼旦村，我们把江水当成
菩萨散步的走廊。这角落之外的角落
此去老挝三公里，万千世界化整为零

一花，一稻，一果，一庙，一人

少女浴后的溪水，我们酿酒做饭

不想辜负她们的清洁和体香

与她们喝交杯酒，高盖不贪嘴唇

沉河迷恋于云鬓，满桌子的肉食里

夏宏听见袅袅升起的虫羽念经的声音

村里的老妇人，天神的女儿，在我们醉行的

林中路边，点燃了一排蜡烛

老大爷不懂汉语，给潘维颁发诗歌奖

他理解的诗歌，是雨林之上的云朵

每一朵都会下雨。我们为之醉

诗人、小说家、教授、导演、小官吏

第二天的缅寺飞檐下，堆着

一件件谁都不想认领的外衣

噢，澜沧江，这是落魄土司和老佛爷

的澜沧江。这是警察和橡胶老板的澜沧江

这是萨福和马小淘的澜沧江。这是

蜜蜂和虫蛇的澜沧江。这是博尔赫斯

和金仁顺的澜沧江。这是雷杰龙

潘维、高盖、沉河、夏宏、朱零、谢有顺和雷平阳

的澜沧江。这是段金华和许云华的澜沧江

这是小卜哨和小卜帽的澜沧江

这是孟加拉虎和野象群的澜沧江

这是人人见者有份的澜沧江

是草木和寺庙的澜沧江。是抛尸异国的

十三个中国亡灵的澜沧江。它是

敞开的、公有的澜沧江。却也是

地产商得而诛之的澜沧江，是漫湾

电站、大朝山电站、小湾电站

糯扎渡电站、景洪电站和即将动工的

橄榄坝电站一再腰斩的澜沧江

——这么多年，我见过的多少诗人

在这条江上写诗，写给耶稣看

写给释迦牟尼看，写给李白但丁看

写给宣传部部长和作协主席看

我也写，写给这条江看。我的一双眼睛

左眼流血，右眼流泪，诗稿上的

血与泪，只有我自己看得见

九

到对岸去，偷渡的人很少找徐牛

他们心里装着背叛、不合时宜的自由

他们知道，雨林是秘径

也是狩猎的陷阱，江水翻卷着

地缘末梢的仁义礼智信，但也反射着

利器的寒芒，徐牛的面目模糊

有多重性。远远看见这些鬼鬼祟祟的人

徐牛不骂粗话，只会一个人去江滩

把凌乱的头颅伸进江水
再提起来，直到冷彻心脾。他恨过
但不知道恨过谁。胡须长而脏
他会刮掉；鼻毛长而脏，他会剪除
却吐不出反胃的秽物。他看见过
拍地痛哭的偷渡者，去国前
一页一页地撕吃《诗经》和李白
吃土和啃孔子木雕的人，他也见过
想麻木，麻木不了。这些人过江
坐穴头的独木舟，很多人沉江而亡
只有尸首和泡沫去了异乡，他想麻木
麻木不了。酒一醉，他就充当他们的家人
恶狠狠地向江水要人。某种人
到了缅甸，就往祖国的方向撒尿
发誓永不回头。徐牛主动
给他们带路，山山水水
走一圈，这些人猛醒，发现自己
已经回到了恨之入骨的故土

我问徐牛："兄弟，你有没有见过
江水倒流？"徐牛裸着黑黝黝的身体
在船头上晒太阳，偶有牛虻吸血
他挥手一拍。天上的白云
于两岸绝壁间飘浮，是几可乱真的冥河
他不想与我讨论轮回与现象学

偷猎者扔下的麂子肉，他已煮熟
弹身坐起："来来来，兄弟，你肯定
没在烈日下醉死过，咱们接着喝!"
江上的太阳果然会杀人，江面上反射而来
的阳光，更是多出了毒箭的品质
我转身进了船舱，想原地失踪
他却逼着我灭顶，要我自焚
要我在焚尸炉里还要将生的快感
升高于焚尸炉之上——
作为不饮的代价，徐牛胁迫我在船头
也来一次裸体暴晒。那一天，我
以受虐的方式，认真地看天，看太阳
而且，身边的山像审判台
江水滚沸，是几万个疯子在长跑比赛
还有一个疯子，在烈酒的火焰中长眠
是的，徐牛醉了，但江的对岸又有人要过江
一群走神的人，唉声叹气的人
有气无力地喊："徐牛，徐牛……"
我拍了拍俯卧着的徐牛，确信他已经
死于自己的谋杀，这才冒死将船
撑到了对岸。这群人一上船
便热泪滚滚；这群人一下船
便跪倒在地上——从死路上出去的人
又从死路上回来了。我们也知道
另外有人，从这儿偷渡，却像云朵

从天上回来，回来了，摇身一变

成了纪念碑。是夜，徐牛还魂

月明星稀，一排排大雁过江

他不知渡船已经几个来回，边民、亡命徒

偷渡者和魂兮归来者，我都没有收钱

天上自由的云朵啊，被月光送到江边

曙光初露时，悄悄地封锁了渡口

我和徐牛在梦里迷失，远离了

两个国度的勃起与孤独。江水的吼叫

是声音的巨人在峡谷里修炼，逃命的轻功

练成后，还练成了判官的狮子吼

十

尼山寨的巫师坐在寨心吹凉风

走过的人都问他："您是不是要死了？"

他都答："要死了。"基诺山上的创世古歌

只有寨父一个人会唱，人们好奇地鼓动他

再唱一次，他喝下了一碗酒，心力

还是没有提上来。一唱就气喘，干咳

有人问他："您是不是要死了？"

他答："要死了。"他们都想收年轻的徒弟

承前启后。一旦衣钵无人传袭

他们之死和寨子里死了人

就没人超度了，死者的灵魂就去不了

天国了，代代相传的古歌就成绝唱了
母语，他们伟大的母语，就要被汉语
掩埋了。但年轻的孩子们，倾心于
把橡胶树和普洱茶种到天上去
身在地狱里，也热爱普通话和流行歌
想做巫师者，只剩下巫师自己的影子
影子一次次问巫师："您是不是要死了？"
巫师都答："要死了！"巫师活在
人鬼之间，目光如炬却能忍受人鬼同质
和败家子的骂名，一点也不厌恶
影子对死亡的执着心。坐在山顶上
他或者他们，看日落，给晚风和鸟队
操持葬礼，对劈山而过的高速公路
则力有不逮。《指路经》里的路
坎坷曲折，设有赎罪的鬼门关
这路太直太宽，没有障碍
上面行驶的车辆像飞，不需要超度

单一的橡胶林，取代了雨林的迷局
而且矿洞连通了地狱，山也要死了
流淌的江河已被改造成一个个湖泊
而且波涛里的闪电全部被抽走
水也要死了。持不同政见的猫头鹰
它们体内却多出了一架战斗机
被时代遗弃的马队，也从草原上

气急败坏地跑来，于骨架间安装了一列
高速列车。蝌蚪变异为鲸，田鼠在修地铁
青蚨的民办银行仍然有血腥味
但很快就将上市……节外生枝的是乌鸦
它们有非理性的一面。这一回
它们与警察对换了身份，没有啼叫
没有止步于让人心慌意乱，立案，侦察
取证，发誓要找出空气的罪人
山水的罪人、人心的罪人和历史的罪人
而且，它们笃信，我们面前的案件
不是经济问题，是道德问题
然而，实在令人抓狂，案情调查结束
乌鸦的羽毛变白了：难以宽宥的时代
所谓罪人，我，你（您），他（她）
我们，谁都别想狡辩，都是罪人
都是同谋，我们都一意孤行地
预支了我们共有的末日

十一

我们蹲在甲板上剖鱼，两双红手
没有滥杀无辜的象征性
是失而复得的刀具。徐牛在江底下
遭到一块巨石的迎头痛击，额头
无心模仿一条剖开的鱼，但它滴落的血

与鱼血混在了一起："我与这条江
从来没有私仇……"徐牛在嘟噜
我没接他的话茬，忙着拍打
一条横身跳高的红鲤。"如果下回
还到江底捉鱼，老子一定带上炸药
把那块石头炸掉!"这时，徐牛从鱼篓中
抓出一条，没剖，挥刀就斩成两截
被腰斩的鱼，两截都在动
头朝着江水。哦，就是这条
差点让徐牛命丧澜沧江。我想对他说
其实，死在江上还可以摆渡
这江亦是冥河，亡命两岸的人
因此会多出一条路的幻影
口还没开，对岸来人，是一群孕妇
二十多年前，我参加过一场集体婚礼
几十对克隆的新郎新娘，傻站在礼堂
听人讲避孕措施和计划生育
此时此地，看见几十个孕妇要渡江
我惊诧于集体主义空前绝后的超现实性
她们捧腹而立，目光丈量着
江水的宽度，母性的无畏与通灵
一闪而逝，代之的是人人自危
被隐形和有形的力量，裹挟于帝国
敞开而又关锁的秘道，她们的过客身份
徐牛视之为电影里潜藏的高潮元素

噢，高潮，让高潮见鬼去吧
谁都不想将一群母亲丢在江的对岸
更不想把她们送上高山、大江和烈日
的法庭——她们的胸罩、子宫和胃
统统藏着毒品！唉，母亲
徐牛渡她们过江，给每人送上了一碗
煮熟的鱼。她们衣衫褴褛，隆起的
腹部上，有污泥与草芥
有一条条刺蓬划出的血痕

暴雨来临前，我空腹跟着这群孕妇和闪电
离开了徐牛渡。爬上山梁时
我坐了一会儿，东风，南风，西风
北风，云朵和山峦，没有规律地动荡
澜沧江已在雾下，匿形，匿名
像隐蔽的地下审讯室。这些时光
我毫无预兆地以一双醉眼
看见过自己分叉的昨日与明日
可又在启明星的余光下没有做出抉择
余兴袅袅，在命运里又加入
一个新来的醉鬼。邪恶
每天都有复制品，我却在臭烘烘的
杂货铺中丧失了辨别真伪的能力
内心的绞索，没有套中任何一颗头颅
而且，种种恶行呈现之时

我还保持旁观与沉默，并私底下
给自己虚设了一个个狂欢的理由。也许
我早就生活在一场自相矛盾的闹剧中
是一个梦想偷渡又从渡口
退回来的人。跟在孕妇队伍的后头
我瘦得像一道闪电，甘愿接受
一阵又一阵闪电的凌迟

去白衣寨

一

前面就是梨园了
白色的梨花，在红土上闪烁
有人早就抵达了，正在重修烽火台
升起的狼烟，客观而又猖獗
像一条伸向天空的吸血管
她说："在错乱的道路上
逆向走了这么久，我不想
一下子就回归于生活的处方笺"
她说得很对，我们折转身
无望地走进了一片冷飕飕的坟地

二

无望是我们的信仰
无望在天空上写下自己的名字
与星星站在一起
无望做安身立命的农夫
跟着河流出走又悄然返回
无望，无望铲除这些牵衣的

鬼手一样的刺蓬

无望自由地决定生的可能性

而死却天天都有可能光临

我说："这坟地上的落日很壮美!"

她迅速脱掉衣裙

要求落日归还她裸体的烈焰

三

在黑夜中的荒地上不辨方向地走

我说："不能向假想敌妥协

我们的身后还应该有一头

像他一样疯狂的豹子!"

但她已经受够了总是被逐杀的命运

停了下来，望着我："有豹子吗？

它有铁的面孔、刀的心？

因为假想中的豹子而疲于奔命

我们是不是很愚蠢？我们的奔跑

真的只是为了躲开

终归要来的死亡？真的就是

为了奔向本不存在的自由？"

我们都说服不了对方

自己的双眼含着自己的泪水

四

没有比这更糟糕的局面了
我们都坐到了地上，双手掩面
我是从一个人的邪恶中
推算出一代人的邪恶
她则站在众多的恶棍中间
难以分辨哪一个恶棍具有象征性
身边有夜鸟飞扑
有人形的黑影一闪而过

五

对谁都应该有约束
但不是在骨架上架设铁丝网
对谁都得派人监控
但不是在每颗心脏上
安装窃听器。还必须提醒人们
漏网之鱼逃不出汪洋
而汪洋已经不是放生池
它已经主动将自己
改造为浊浪滚滚的餐桌
……我们在太阳初升的时候
来到了一座石头山下

她不认为劫后余生仍然是困境

用脚踢一块石头

希望石头支持她的谬论

我则把自己塞进石头

在石头里望着她

除了翻滚，咬着牙，什么也不说

六

山上有人在种松

有人在下棋

有人在牧羊

种松的是个在逃罪犯

下棋的是个出家人

牧羊的是个屠夫

我和她什么标签都没有

坐在水边的青草上洗衣洗云朵

她叫我刀斧手

我叫她女汉奸

一个年老的瓜农，挥舞着一把铁锤

在河滩瓜地里砸瓜

边砸边叫："砸死你

砸死你这个与我为敌的坏分子！"

我们低头洗衣

鲜艳的瓜汁染红了流水

七

她说："在砸与劈这两个字中间挑
我喜欢劈。利刃，劈，劈瓜
劈，一个瓜农在劈瓜……"
她把砸字与铁锤扔给我
我只能想象铁锤不停地往下砸
西瓜纷纷粉碎
那满天飞溅的是血红的瓜瓤子
走在空无一人的村庄里
我们看见桃树下桃子腐烂
梨树下烂梨飘香
村庄的魂魄已经走掉
地底下的废墟破土浮到了地上
她来到自己的家门口
站着，看着门上的铁锁和蛛网
想不起来亲人们都去了哪儿
我吹着口哨
用脚踹开了宗祠的大门
里面只有一只母猫，子孙浩荡啊
它生了一堆瘦小的孩子

八

闪电一再击打相似的头颅
雷暴也总是宣读同一个圣旨
在一条废弃的铁轨上
我掉头看见的是反复涂改的未来
她飞一样向前
抓在手心的，却不是一纸遗训
而是一只鲜红的气球
任她怎么戳，也无法戳破
冬天来了，我和她得在冰冻之前
在铁轨两边种满桃树
桃树身上有妖气
桃花香里藏故国
那腐烂的桃花铺满废弃铁轨的景象
我们没有多想

九

稻草堆上躺着，月亮低垂
"饥饿与卖淫是不是递进关系?"
她边问，边答："它们共生!"
我起身点燃了一堆稻草
捧了一捧火花给她

"我见过很多返乡的女人
她们从良了，但没有一个男人
能够满足她们的肉欲。"
她说完，身体猛然滚向了火堆

十

月亮，她想把月亮敲烂
月亮，她敲烂了的月亮还挂在天上
月亮，是她悬挂到天上去的月亮
月亮，我在一个肮脏的乡下诊所里
与医生讨价还价
补回来的硬币像一堆月亮
她浑身的水泡像月亮
为了止痛，她大声叫着
"杂种，月亮，杂种，月亮……"
医生说：噢，月亮
输液的梅毒患者也说：噢，月亮
他们叫着他们自己的月亮
唯独一个濒死的老人，无人守护
他一声不吭，偏着头看月亮
那真实的月亮挂在诊所的屋檐上
只有这个月亮是上帝的月亮

十一

群山只是山

我们视为起义的大海

黑夜只是睡觉的时间段

我们发现并夸大为黑暗

上帝啊，您的人，数量越来越多

那个吸毒的母亲

卖掉了她最后一个儿子

她是卖给您

她用换回来的毒品了结自己

她是把自己还给您

我们知道，现在您就坐在这小诊所存放假药的地下
　室里

您不会现身的，而我们

也会继续把诊所想象为生命的禁区

那个死在门槛上的母亲

她贴身的衣袋内，装着一封

无法寄出的写给儿子的信

这信，也只能寄给您

十二

王屠夫的暮年在猪厩里度过

他死在了猪厩里

他死的时候，五个儿子

在五座城市的五间出租房里酣睡

他一丝不挂，与粪土抱在一起

五个儿子睡姿各异

不知道屋顶上挂着月亮

月亮知道他有五个儿子

还知道五个儿子都在异乡睡着了

冷飕飕的夜，月光照进猪厩

在他走到尽头的

骷髅般的身体上

盖了一层白布

十三

我们遇上了王屠夫的葬礼

十六个白头老翁

踉踉跄跄地抬着一具棺材

走在遍布枯草的路上

后面跟着几个老太太

天上跟着一只老乌鸦……

她一脸的疤痕，但还是从火焰中

回到了人世。她说："没有人哭

让我替王屠夫哭一场吧！"

这个天生的戏子

悲声一起，送葬的队伍

突然就向着她缓慢地移了过来

一个苍凉的声音告诉她

"孩子，这是你爹的遗骨……"

我们跪倒在了路边，闭上了眼睛

不相信戏剧的真实性

等到一睁开眼，老人们已经走空

身边一具棺材

上面站着一只乌鸦

十四

受限于向上的生长力的弱小

几个侏儒在山顶上跳高

受限于缓慢的奔跑速度

一个瘸子在坟场上建了一间铁屋子

受限于锥心的荒困

一群黑山羊在沙丘中绝食

受限于冷血、直接和避不开的凌辱

那个光彩照人的乡村女教师

躲进了一具傻瓜的躯壳

受限于迟迟不来的春天

娇美的花朵都找了塑料花做替死鬼

受限于羞耻，身份证上

我们把名字涂改成动物的名字

十五

一条即将被涂红的引水管道

在山野上荒废多年，风调雨顺时

人们甚至把它当成了

死掉了的铁打的巨蟒

我骑在上面，她也骑在上面

我们知道它不会飞

会飞的是旁边飞得无聊的杨树叶子

我们还知道它真的是废物了

什么坚硬，什么甘露

什么浇灌，全都是鬼扯

这一年春旱，一支施工队来了

不准我们骑在上面

但我们还是一直骑在了上面

他们运来了油漆

很快就将生锈的管道

涂成了血红的管道

只有我们骑着的那一段

没有红色，暴露着废物的老底

这根管道，瞬间变质，被指认为

新修的水利惠民工程

说它让焦土变成了良田

有人来剪彩，我们骑在上面

有人来取证，我们骑在上面
有人想炸掉它，我们骑在上面
我们就像两具渴死的干尸
死死地等着那救命的水阳

十六

孤立于麦田中的是一棵白杨树
它贴着土地的根部上
有深深的刀口，这是否说明
有人动过砍翻它的念头
迎面走来的男人
提着一把斧头。他的脸上
也有深深的刀口，这说明
有人动过剁掉他的念头
这些身藏杀心的人是谁呢？
如果他们的杀心还随身带着
而且天天行走在人群中
他们会不会再次下手，下死手？
……想着这些悬而未决的事
我弯腰捡起一个踩扁的易拉罐
打飞了白杨树上的喜鹊

十七

"你没看见河床上那些鲜花吗?"
"你没听出白鹤的叫声里有鸦啼吗?"
"你没想到邮差就是毒贩子吗?"
"你没感觉我们一直活在不同的时间里、王国中?"
她连续四次发问,头发上的草屑
被腥风吹到我的脸上
我找不到想说的话,望着她
她将身上泛黑的白袍往上卷起
遮住了自己满是疤痕的脸
结果又露出了伤痕累累的乳房
我点燃了一支香烟
看着河堤上那个骑自行车的人
他自行车的后座上
绑着一只大而无当的空箩筐

十八

河堤上的野花还是开了
这些轮回于开放与零落之间的野花
又坚韧地开了。它们不合时宜
开得像多年以前死在迎亲路上
的那些新娘子。开出了创世的欢喜

也开出了末日的静默

它们一朵挨着一朵

像哑巴们白森森的牙齿

十九

一座孤坟前只跪着一个

枯叶一样的扫墓人

回乡路上只走着秋风似的一个人影

这魔幻现实主义的寂静

搅乱了时间，也令我内心失重

令我想做魔术师、驯兽师

和古典主义的刽子手

令我悄悄建立了迷宫里的巨人国

她已经受够了时刻都有

被强奸之感的旅程

说："一群鸟从我眼眶中飞走了

昆虫正络绎不绝地

从我的阴道一只接一只地爬出

哦，你看啊，我多像一个

人人得而倾泻兽欲的女俘！"

二十

空空如也的山野

在我与她身边剧烈地波动

像烟火里的一座空城

处处浮荡着假借圣道的喧嚣

那具有统治力的声音

甚至来源于巫术

名义上我们有百灵鸟才有的发言权

狮子或狐狸一样的行动自由

享受着幻觉中才会出现的美好待遇

但是，在街边上、车间里、家中

我们得时刻提防那防不胜防的

没有先兆的事故

只能沉默，只能关锁自我

是的，正如那一场场地震与滑坡

一旦来临，这山野之间

能仓促地躲开天灾的生命一直不多

因为在这山野上行走

我与她都沦为了山谷中的

石块或羊羔，抑或生命被强加在了

任何一个山民的身上

变成了山谷的公共资产，难以抽身

难以反抗这公开的霸道的鲸吞

彻底失去了自己，难以赎回

"我"字和"我们"已经被征用

不知何时才能由我们

用我们的嘴巴，重新喊出口

二十一

一条江水挡住去路

到处是鹦鹉养殖场的这边是西

彼岸笼罩在雾瘴里，是东

我想，写诗的事，不就是为了写出

这样的一条江水，让它作为界河

……她逐渐变成了我的反对派

从芦苇丛里找来了一条小船

撑船的人，骨相奇异，目光炽热

是她失散多年的哥哥

但他们已经辨认不出对方

忘记了自己的出生地和名字

开着露骨的玩笑，相见恨晚

搂着肩膀坐在船头钓鱼

我潜入水中，熟练地取掉诱饵

不停地拉扯他们的鱼钩

甚至将鱼竿拉到了水中

他们对我置之不理

江水清澈啊，他们看着我

像看一头犯傻的水怪在表演哑剧

二十二

春草稀疏的江岸欠我一幅骑牛图
平坦的田野欠我一幅农耕图
小路欠我几个额上流汗的农妇
池塘欠我一阵蛙鸣和捣衣声
屋顶欠我丝绸一样的炊烟
寺庙欠我一个个心事重重的香客
村庄欠我天人合一的生活现场
树荫欠我讲故事的人
以及那荒诞不经的故事
时光欠我首尾相接的反复性
实用主义欠我一座迷宫
村长欠我一份正义和一颗良心
悄悄死去的老人，欠我
一封封死亡通知书
生活欠我一个主题
生命欠我从容和体面
就连从我头顶飞过的孤雁
也欠我一声哀鸣
我是如此地恋旧，如此深入骨髓地可怜自己，在故
　乡的地界上
却自己欠自己一个异教徒的上帝

二十三

她砍倒一片竹林和紫藤
想搭建永久的居所
但又觊觎那些无人的石头房子
她高声问我："我应该怎么做
才能让新建的房屋
拥有记忆和出处，拥有道德感
并有鬼神暗中护卫?"
她的哥哥已经划船离开了
我知道，这个随时随地都在死去
又重生的女人，她挥舞着砍刀
来到了我的身后
我没有回头，继续在山丘上
挖掘自己的防空洞

二十四

无人采摘的果实，没有成熟之前
不敢过多地奢望丰沛的雨水
注定要成为下一代产业工人的孩子
他们在荒村里，失教于天道
纷纷撇开了血缘，学会了独立
自称是墓地或废墟上

旁若无人地长大的一代

亦称粉碎的一代

他们目光阴沉，习惯了抛弃与屈辱

像喝足了狼奶与激素的机器人

一身的邪劲儿，随时准备

戴上我们的脸谱，以我们之名

锋芒毕露地向我们猛扑过来……

以诗人的身份，混迹于他们中间

我知道，这是一场被培育

和操纵的、继往开来的自杀运动

那翻江倒海的盲从与私欲

源于屡遭涂改的批判现实主义

却劫不了天庭的法场

顶多只会找出荒诞主义的结局

二十五

遇上一场婚礼：新郎穿着劣质西服

新娘穿着租来的婚纱

没看见任何亲朋，也没有任何仪式

两个人，一前一后

在村子里沉默着走了一圈

然后，头也不回地离去

从始至终，只有一头脏兮兮的老狗

跟在他们后面，叫过几声

似乎认识他们

他们走出去很远了

一个在墙根下晒太阳的老人

才从昏睡中抬起头来

看了一眼另一个昏睡中的老人

离他们几米远的地方

立着一根当年拴马的木桩

端头上面放着一袋喜糖

和一张没有时间与地点的结婚请柬

二十六

整整一个下午，她都低着头

看一汪积水里的云朵

到了晚上，不知从哪儿找来了铁锤

和一堆铁钉，在月光里

赤身裸体地钉一张壮阔的竹床

她说："每一根竹子里都藏着鹭鸶

不去白衣寨了，我得留在

这张竹床上，变成一只鹭鸶！"

她身上的疤痕悄悄地消失了

腰肢只堪一握，却又充满了蛮力

多美的乳房啊多美的臀部

多美的长发啊多美的四肢

它们都在恣意地飞舞

伴着铁锤的一声声拍击

和铁钉钻进竹子的吱吱声

我一度情绪失控，幻想着在竹床上

与她生儿育女，建立一个

反时代价值观的小型根据地

我还为自己的幻想击节而歌

为那幻想中的未来激动不已

我以为自己回到了皮肉的躯壳

终于可以过上与世隔绝的日子了

她也一度丢下手中的铁锤

依偎着我，让我把脚边的萤火虫

放在她平滑的小腹上

噢，我们像一对相爱的人那样交配

又像一对贴身肉搏的恶棍

热血偾张地搜捕着

彼此肉体中的吸血鬼

"这是爱？"我们同时向对方发问

那时候，一个梦游的老妇人

一身白衣，来到了我们身边

老妇人的声音气若游丝：

"你们是谁，这是什么地方，

你们来这里干什么？"

二十七

她跟着梦游的老妇人走了
结局归于梦境
我一个人到达了白衣寨
一个雨林中冷僻的边境小镇
人丁少于象冢，狮虎皆为仆役
我投宿的旅店很小
名叫"烹象处"。我进去时
几支巨型的烛火燃烧得很旺
老板娘正念着咒语
药浸一把月形铁刀
从她专注的神情中可以看出
她还迷恋着咒符和邪恶的暴力
我叫了几声，她才睁开眼
没抬头，声音冰冷："客官，
你是来贩玉，还是来礼佛?"
旅店里没有其他客人
只有她的两个儿子，穿着袈裟
眉目如画，坐在楼梯上埋首于经书
入夜，星空下的小镇万籁俱寂
老板娘在水龙头下
一遍接一遍地漱口、洗手
于循环与重复中肢解着什么

我则在楼梯上跑长跑

上去，又折下来，咚咚咚的脚步声

没有出处和去处，像经书里

从不长出枝叶的那棵菩提

有一段时间，夜空里

传来了一阵阵枪炮激烈的轰响

老板娘关掉了水龙头

站在院子里，静听来自邻国的喧嚣

身子在战栗，仿佛有一颗子弹

正飞行在她的身体里

"他们铁了心去送死，就是为了

从远方送回一阵阵枪炮声？"

她说的他们，原本是一些和尚

其中包括两个小和尚的父亲

无人引渡，他们的遗骸

没有运回白衣寨

仿佛彻底遁入了空门

因此，我的一生就交给了最后一件做不完的事：在
　　象冢的旁边

修筑一座座只埋葬袈裟的衣冠冢

二十八

小镇的四周有很多溶洞

我的胸腔里因此住满了蝙蝠

小镇日出与日落的山丘模样相同
我的世界观因此生死无别
噢，小镇上的人
每一个都负担着几个人的命数
他们却喜欢躲在挂满遗物的衣柜里
也有人彻夜狂欢，骑在
纸扎的孟加拉虎背上无遏制地喝酒
我想，这个小镇很快就会泯灭
幻化为空，重新成为荒地
但谁也不知道，这脆弱的生命
到底还能供我们挥霍多久

佛寺旁边是家园

寺　庙

有没有一个寺庙，只住一个人
让我在那儿，心不在焉地度过一生
我会像贴地的青草，不关心枯荣
还会像棵松树
从来都麻木不仁
我会把云南大学的那座钟楼
搬到那儿去，卸掉它的机关
不让它，隔一会儿就催一次命
我一旦住到了那儿，就将永恒地
关闭，谁都找不到我了
自由、不安全感、焦虑
一律交给朋友。也许，他们会扼腕叹息
一个情绪激越的人、内心矛盾的人
苦大仇深的人，从生活中走开
是多么的吊诡！可我再不关心这些
也决不会在某个深夜
踏着月光，摸下山来
我会安心地住在那儿
一个人的寺庙，拧紧水龙头
绝不能传出滴水的声音

菩　萨

　　每一根甘蔗里，都建起了一座
　　小小的糖厂。那些古老的茶树下面
　　渴死的人，排起了长队。一个台湾来的
　　茶客，悄悄跟我说："死了，我就
　　来云南，砍棵茶树做棺木……"
　　每个寨子里，都有寺庙，我领着他
　　听诵经，接受约束。花，菩萨说
　　开吧，花就开了；树，菩萨说
　　绿吧，树就绿了……"在这片土地上
　　每一种物体内，都住着菩萨或其他神灵。"
　　我跟他边走边说，他若有所悟
　　又一次悄悄地对我说："死了，我就
　　埋在茶树下，但我希望，草不要长高
　　一定要让我，躺在土里，也能看见
　　寺庙、江水和日出……"我俩
　　在寺庙的旁边，嚼食着甘蔗
　　树上掉下一个芒果，打中了他的头颅

赶夜路去勐遮

萤火虫跟天上的星星一样多
它们提着小灯笼，不为对应星星
彼此不能成为参照或灵魂
妄想，让多少黑夜里的自由和幸福
改变了方向。它们只是知足的一群
并知道自己微弱的光，妨碍不了谁
为青蛙照明，这是两种弱势阶层
天生的契约，所以，它们乐于
在青蛙的歌剧中，充当长明灯
所以，那天晚上，我怀疑全世界的
萤火虫和青蛙，都来到了勐遮
萤火虫拧紧发条，小身体
鼓荡着涡轮；青蛙，对着黑夜
鼓着腮帮，高声地叫鸣
的确，青蛙的叫鸣没有什么新意，就像婴儿
喊饿，喊出一声，之后就是
无休止的重复，我们都走远了
还在重复；我们都抵达勐遮了
睡熟了，还在重复。就好像我们
纯属多余，是一些走远了和睡熟了的人

山中赶路记

从曼赛镇去阿卡寨，只需要
几个小时的时间，我们却走了整整两天
见到溪水，香堂人光着身子，钻了
进去。时间像一条鱼，在水芹菜
的叶子下面，张合着小小的腮
路边的橄榄已经熟透，克木人知道
有一颗，是悬挂在树上的天堂
时间，在舌面上，缓缓地
由苦变甜。白云是傣族人的表姐
清风是傣族人的姑妈，路边的竹楼上
这一个傣族人，麂子肉和鲜竹笋下酒
喝醉了。时间，是一张阔大的芭蕉叶
盖着他的脸。基诺人，有着石头
一样的沉默，他的耳朵，却一直关注着
雨林里的动静，不知是什么鸟
叫了一声，他便像一支射出的响箭
时间，被他带走了，很久才从
一只死去的白鹇身上重返人间
整个旅程，只有谦卑的布朗人
静静地守在我身边。我们坐在山头
看落日，看老挝丰沙里烧荒的狼烟
暮投一座古老的缅寺，我睡着了

他才离开，他在我的梦中赕佛
身子紧贴着尘埃。时间，在贝叶经里
跪了下来，几双隐形的手，按住了
时针、分针和秒针。我们一行人
还有拉祜和爱伲，山野之上
他们都有着各自的相好，时间
奔跑的马蹄，被他们移植到了肺腑里
我这个汉人，多想飞速地抵达阿卡寨啊
催促，埋怨，焦虑，像个疯子
最终的结局，我一个人上路
多次迷途，天黑前，才找到自己的流放地

布朗山的秘密

一年之中，死掉了多少只昆虫

野兽和飞禽？从乔木、灌木、藤条

和草茎上，有多少张叶子出走？又有

多少种植物走到了尽头？一天之中

有多少次交媾、受孕和坐果？在密林里

发出了多少声心跳、喘息和鸣叫？

——老佛爷的经书，放在赤裸裸的膝盖

他也说不清，抽象的经文，每念一句

他为多少生灵和亡魂做了祷告

"去天国的名额少了一点

我能记住的，没有几个。"

而且，他一直强调，那几个

行动迟缓，肌肤非常粗糙："像几头

被豹子逼到了绝壁上的野牛

因为绝望而迷上远眺！"绝大多数啊

数额，只有菩萨才能数清，它们

继续存在于布朗山。以示慰藉

老佛爷说："菩萨给了它们一座山的自由

和喧闹。"也给了它们信奉鬼神的权利

让谦卑者，至少能够拥有

一堆尘土的身份和骄傲

像哑谜一样黑

没有灯火通明。不夜城？谁都
不会想起这个哀伤的词组。黑夜
还是黑的，伸手不见五指
你跟某个人来到这里
他身上驱逐毒蝇的化学制品
味道浓烈，清晰可闻。喊他的名字
他也答应，但你找不到他
他在方寸之间下落不明
黑夜，的确像黑夜那样黑，保持着
黑夜的本色。不知道有多少昆虫
在这座黑森林中，借黑，叫黑
黑，黑得你也跟着黑，黑脸
黑心，黑骨。昆虫向着黑天幕
不停地射着黑箭簇。不是
暗器，是黑，是同一种黑中
不同支系或番号的黑。在黑的大海里
较劲，想证明自己比其他黑更黑
我热爱这黑承认自己的黑、努力争着黑
的时刻，我承认这，黑与黑比黑
而又相安无事的现实
真实而伟大的黑啊，被光
逼到了这大地尽头的一角

不顾一切地黑着，斩钉截铁地黑
黑透了。黑死了。黑得我根本不敢
想象光。黑得只要心头闪出
一道闪电，都觉得是罪恶
黑，仿佛所有的人，万千物种
今夜都去了地狱；黑，仿佛
勐巴拉娜西，被一群隐形人埋到了
地层里。令我诧异的是，今夜
在黑海的边上，牛恋乡
有一户人家，男的吹笛，女人
唱歌，解乏，自娱自乐，他们
一点也不在乎竹楼外面，从地面
堆到天上的黑。站在他们楼下
近在咫尺，却够不着真实的生活
我的泪水，比黑，还黑了很多

在勐昂镇，访佛爷

六十年前，他遁入空门
四十年前，赡养父母，他还俗
十年前，妻离子散，撑一把雨伞
他再次遁入空门。那天，也下着雨
坐在佛身下，他给我讲述
《游世绿叶经》里的典故
忆及 1959 年的那场虫灾，他说
"7 天时间，我们用手，捉了
94.4 公斤奇形怪状的虫。"
像根轴，他不动，空门和俗世的轮转
他已慢慢变枯。我翻了一下他枕边
堆着的那些经卷，有汗味，烟尘
也弥漫着一个老人羞于启齿的孤独

过澜沧江

坐船过澜沧江，江面上
水神抱来的石头，大如房屋
不知是为了制造还是镇压
江底的暗流。铁皮船偏离了航线
擦石而过，一朵朵火花
引出一声声呼救。久历逃亡
胆小如鼠，船上的布朗、哈尼和拉祜
刚在荒山里找到落脚之所
不知道身后还有死神
寸步不离地跟着。他们的黑脸
瞬间苍白。在汉人的激流上死去
死得无缘无故，他们经历得太多了
但并不等于说，他们已被剥夺了
对死亡充满恐惧的权利
同渡的几个和尚，怀里揣着贝叶经
闭目听水怒吼，暗红色的袈裟
被横斜而来的风，吹得像一张张
彩色的投降书。我和茶农王稳
都是汉人，坐在船尾。经常往返于江上
我们深谙江涛的疯狂与虚幻
所以一直在面不改色地说着
无量山中的趣闻，开心地笑着

像两个没心没肺的匪徒。其中我们说到了
一些人对另一些人的屈服，这屈服
约等于绝望的战斗；还说到
疏远与示好，二者都残存着内心的孤傲
说到了不同的世界观，我们均选择了
沉默，因为我们也说不清
信仰巫术和鬼神与信仰耶稣
到底有什么不同，为什么会结下
不共戴天之仇？上岸，我回头
看了一眼澜沧江，夕照下面
无量山的阴影，在江面上四处放火
像一群复仇者但群龙无首

山谷中

它具有事物流逝的方向
和窄门。很多人曾经在其间来往
灵与肉，浮沉明灭，纷纷扬扬
我从那儿路过，几十公里的通道上
唯有石头与流水
风和云朵，虚实无常地变幻着人形
我也将被替换，替换我的
我希望是另一个我——
蜕皮的大蟒，沉睡中拒绝苏醒
横卧在荒凉的石头路旁边
像一截长满青苔的朽木
上面坐着一个，目光清澈
来自老挝丰沙里省的小尼姑

重　生

清晨，薄雾在消散
溪流不问源头和归宿，遍地流传
鸟啼来自林中，却在空地
开成一丛丛飘香的野花
我奔跑于江边，没有顺流而下
我想在乱石滩、荆棘丛、荒冢边
赤身裸体地跑上一会儿，像马驹撒欢
脚趾最好流出一点黑血，肉身
最好扎进几根毒刺，心灵
最好多留几丝阴影……
刚刚升起的太阳，安详，平静
光线柔和，有着慈爱和宽容的本性
它给我摩顶，一股热血，凭空而生
一副枯枝搭起的骨架，也被它
重组为粮仓、书房和卧室
我爱这和谐、透亮、太阳当空的人世
但我身在黑夜的歧途，背负着
漆黑、变形、邪恶的秘密
不能向它托付我的生死、来去、悲喜
我将朝着江水的上游
不停地奔跑。在天黑之前

荒山上

在靠近老挝的一座荒山上
碰到一条草丛中啃食骨头的白狗
它弓着的脊背、腹部上甩动的
一排乳头、肮脏的白毛
开显和勾勒出了一种很少有人抵达的
尽头上的落魄与孤苦
四周几十公里没有人烟
它是不是丧家犬，我不知道
它的喉咙中不时发出呜呜的响声
牙齿与骨头不停地冲突
激烈的破碎之声，让我觉得
它是在啃一块石头，或者
是在啃自己的骨头
我内心惊悚地坐在山顶，看悬崖、峡谷
远山和落日，互相没有打扰
甚至从我来到又走掉
它都没有抬起头，看我一眼

相　信

在村口的榕树底下
人人一双红手
他们剥皮，剖腹，刀锋下躺着
一头黑熊。两个月前
它闯进傣族人的寨子
偷吃了寺庙里一个老眼昏花的信徒
今天，它从山坡上滚落到这儿
头裂，骨断，但目光柔和
面对棍棒与刀尖，没有躲闪
没有反抗。我相信因果
相信这一头黑熊，它已经绕道
变成了信徒，浮世上暗传的分身术里
它早就去了寺庙，留下的
只是一具供人屠杀的肉身，一只
魂不守舍的野兽。然而，单方面
杀戮的结果，仍然令我眩晕
倍感世界的神秘、不可知——
它的胸腔里，几个基诺人掏心掏肺
惊慌失措地拿出了一尊，小小的
用骨头雕刻的弥勒佛
都有着倾斜的断面

仿　古

不知好歹的世界给我摊派了

一盘棋，它是残局

我在一棵松树下铺开它，无视黑白

不动一子。棋局中不会出现

我想要的结果，而且

结果也远比烂柯和末日

更难以企及。身边有流水、清风、鸟啼

心上也端坐着一个空无的僧人

但我一直在盼望头顶的树枝

尽快落下一颗松果

击中棋盘，搅乱这残局

这棋，我动不了它，也不想

无休无止地下下去

我的雅兴和韧劲，我的心智，我的风骨

在浮世，已经被消损得干干净净

池　塘

我继承了一笔只能描述的

遗产：池塘的四周

长着各安天命的蒿草、大麻、紫藤

水面有浮萍，但让死水

更加静默的，是虚空之上一层层堆积

一层层腐烂的朴树和榉树的落叶

水面和穹苍之间，斜挂着几束

从林间透射过来的阳光

成群结队的蝴蝶，闪烁着，从那儿升入天国

它们没有代替我，我仍然坐在一棵树底

一身漆黑，却内心柔和

仿佛有一头大象在我的血管里穿行

沉　默

把池塘里天空的倒影
称之为第二片天空
在哀牢山的余脉，一座荒废的寺庙里
我以为自己发现了神秘世界身后
那一道暗中的门。扎了竹筏
我在上面掀开一张张巨大的睡莲
——水底，横七竖八地躺着
一尊尊菩萨，每一尊都长满了碧绿的苔藓
它们之间的缝隙
只有水和时间
一直在充当和尚与信众
缩着身子，无声无息地穿行

卜天河的黄昏

溪水的声音盖过了
河流。金色树冠上的蝉叫，大合唱里
暗藏了独白的树枝。白鹤的羽毛
一点点变灰，一点点变黑
河滩上走过一群野象
它们庞大的肉身，皮肉一块一块地遗失
我形单影孤，抄经时用光了血滴
以和尚的身份过河时
流水没有情义，我的骨头
一根根变细，一根根变轻
我想三言两语，说出一条河流
凌迟与放逐的多义性；说出
河岸隐形的邪教与暴力
说出脚底下永不停息的怒吼
但我进退两难，身在绝境
个体的基诺山王国中，真相即虚无
我不能开口说话，甚至不能在灭顶之际
反反复复地呼救。为此
人云亦云的减法，当它减去了
救命的稻草，减去我的宽容与仁慈
就为了去到对岸，杳无人迹的地方
我想杀人。就为了肃清落日

带来的恐惧，我想杀人
就为了在卜天河上，捞起水中
一个个孤独奔跑的替死鬼，我想杀人
哦，那一天黄昏，在杀人狂的幻觉中
我草菅人命，杀光了内心想杀的人
现在，我是一个圣洁的婴儿
就等着你们，按自己的意志
将我抚养成人，或者再造一个恶灵

真　相

坐在司土老寨的山顶上

眺望景洪城，热浪逼出了体内多余的

汗液，也让我在切盼凉风时

产生了说出真相的冲动：山坡上

羊群和猪都是老虎和狮子

留下的活口；香樟树上的鹩鸪

灌木丛中的果子狸、麂子、大象

都是猎人带不走的遗产……

但是，虚脱在加剧，思茅松闪闪发光

的针尖上，有人在建摩天大楼

绕城而过的澜沧江，一群幽灵

一群无神论的幽灵，有的在剥它的皮

有的将它圈入后花园，凉亭和水榭

一针见血地压住了佛寺的倒影

我身边的傣、拉祜、基诺、布朗

满山寻找浆果给我解渴

带回的全是有毒植物。他们在戒毒所

已经戒掉了母语，用熟练的普通话

告诉我："这些植物，一直是我们的食谱……"

取出随身携带的一卷贝叶经

我想里面一定藏着水井，孟高棉语系

的红木箱底，或许会有一幅浮世末日图

阻止我进一步寻找真相的
是一只受伤的鹰，它在我头顶上
翻飞了几个时辰，也没有将
体内的弹丸，一颗又一颗地排除

暗　示

凌晨，青蛙的喊叫尚未平息
巫师想收为徒弟的两个年轻后生
像乘着落叶、风
他们骑着摩托，来到了
山下的高速公路上
同时爱上一个女子，他们
决定：轰足油门，做一次死亡对撞
——灯下的巫师已经习惯了
这一幕又一幕。他先用泥土
把两个血肉模糊的亡灵
分别糅合成形，这才慢慢地转身
对阴影里哭相狰狞的女子
给出另一种安慰和暗示："天就要
睁眼了，黑暗中外出的恶灵
他们正走在回家的草丛中！"

闪　电

闪电知道，我对自己是失敬的
有罪的。它跟踪我令我在审判与惩罚中
度过了半生。深夜，我总听见
身体里有断裂声，那是闪电
在骨头里演习
每当雨季来临，把衣服挂到屋顶的
铁丝上，闪电把衣服当成了我
一再地让衣服备受劈击
继而，燃烧，化成银箔似的灰烬
我逼着自己在诗人的身份之外
承担了记者、警察、法官等等一堆人的
使命，挑战天空、寺庙和雪山
一次次以失败者的下场
填充自己的虚无。闪电把我推进瞭望塔
把我留在火车站，还把诗集
抛到了一座遥远的孤岛
我想，一百年后，我的墓碑立在山谷中
它一定会点燃四周的野草
到泥土中去找我

丛　林

南方的丛林中，一种人并不在意死后

埋在水里还是土中

送葬的人马举着彩幡缓缓行进

老佛爷念着度亡经，从布袋里掏出细碎的石头

一颗接一颗，随意地扔出去。如果某颗扔出的石头

是布袋里唯一的红色石头

它落下之处，就是死者的灵魂选定的葬身之地

丛林中还有另外一种人，葬礼上

这些人不扔石头，他们抬着死者

在山坡上漫无目的地散步，也许十分钟

也许半个月，只有绑在灵柩上的绳子

嘣的一声断了，绳子挣断的地方

就是死者挥舞自己的肋骨

击鼓而歌的净土。很多为生所困的人

向往南方的丛林，一颗颗悬在心上的石头

他们幻想落在某座安静的山丘

他们也想遁迹于寺庙，祈求勒进皮肉的那一根

铁索，悄悄地断绝。这样，生与死之间

不会再有隔墙，我与新我

就能快乐地生活在同一个皮囊里

世界余温未尽

从雨林里脱险，于某个山丘
看见泛着金光的江面那一瞬
我压住了泪水，而且觉得
即使死亡来临也不值一哭，又要从死里复活
重新踏入另一片雨林，也不值一哭
在无趣、绝望与获救组成的历程中
我只对解脱报以宗教般的虔诚
唯有它，在提供了具有流向的江面之外
还给了我一份来自天空的星光与默示
世界余温未尽，我已有觉察
我尚有古老的爱欲和肉身的饥渴
这也在我的意料之中。就这样吧
骑在大象背上的异乡人，请替我喊醒江对面
宿醉中的摆渡者，我要过江
我要去景洪城大醉一场
我要找一面镜子，看一看
魂不附体的人是什么模样

我愿你

我愿你在这丘陵的尽头

分不清日出与日落的景象，在铺开的白纸上

慢慢地写信，永远不要收尾

我愿你做一个月亮主义者，暂时忘掉科学与宗教

相信绝望者可以向着月亮飞升，由此产生的

孤独与悔恨，不由你承担，它们是众生反思

暴力与自由之后得到的公共遗产

我愿你在乌鸦与狼狈的叫鸣中

能睡个好觉，我愿你即便得不到

任何一种拯救，白骨上也要开匿名的鲜花

献给心头残存的爱情

我愿无辜者得遂所愿，每条行进中的路边

花枝或刀尖上悬挂着灯盏。我愿你

也走在这人群里，我每次回头

都能看到我的灵魂一直跟在你的后面

和尚与落日

无量山上的太阳，仰望它的人
总是觉得自己离它不远
旋转，变色，升降，都在触手可及之处
它每天的布道与呼喊，人们因此才能看见
或听见。高不可攀的时候，它把影子
藏起来，一身的斜光也删除了
犹如醍醐灌顶，把黄金箭簇笔直地射下
令埋首者与乞灵者，从内心找出异端……
我们说，天空的法老，也会在此刻
放纵世人，让他们出错：大地上的良田全部种植
向日葵，绕着它公转；天空里无处不是金字塔
地平线上也垒起了壮丽的假山
它保持了沉默，看到了向日葵、金字塔
和假山，看到了它们最美的那一面
太阳落向澜沧江峡谷，我们谈到落日
它有着神的骨相和人的笑脸
圆满，慈悲，静美。一个和尚
必须在日落之前赶回寺庙，他一边下山
一边掉转头大声地说："世上最宽大的一件袈裟
就穿在它的身躯，每天来往于我们头上！"
和尚的背影与落日，同时消失在
澜沧江峡谷，在我们眼中
这意味着人间的大门正缓缓关上

山中拂晓

此时，旧我还在床上翻身续梦
新我尚未换骨、蜕皮
马还站在拴马桩旁睡觉
江水还在黑暗中清洗自己的黑身体和黑面具
只有无量山天际线上的光，从太阳宫殿
提前偷跑出来，抱着烈焰与黄金
向着鸡叫的人间飞遁

诵　经

四周的芭蕉林和竹林里
虫声唧唧，几束阳光从不同的窗口
照射进庙子。那儿的寂静
明亮而又清洁，即便有微风
从前门去往后门，地上一尘不染
吹不起一丝灰烬
我愿我是那菩萨座下诵经的少年
我愿我这卷经书诵完之后
菩萨许我，穿着绛红色的袈裟
去澜沧江边，看一会儿沐浴的少女
菩萨啊，少女啊，一个在我静默的庙中
一个在我流动的江水里

盲　棋

黄昏时太阳往下落
有人安慰我
"太阳落下，只是为了从反面
再一次照亮天空……"
我生活在他所说的反面
夜色茫茫，冷飕飕的甘蔗地里
和一只萤火虫下盲棋

滑　落

在菩提树下纳凉

一个老翁，须发皆白

远处的池塘、白鹤、莲花和竹林

是他的世戚、故旧和门生

他在清风明月里睡去

什么都已经放下

那本从手上滑落的书卷

汉字都走光了

空遗一张张白纸

晚 祷

此刻，浮尘落入河流

不明飞行物在璀璨的星空

坦然地分发着闪光的秘密

无量山充斥着崩溃的危险，但万物纷纷

于肆虐的瘟疫中

找回了失散的身体，七棵古柏树

守护着我的一颗心灵

我已经面目一新，原谅了中途击破的暮鼓

放下手里的弓箭与药罐

对着仍将倒向人世

的悬崖，平静地告别：

"晚安，老虎，晚安，活佛！"

盲　僧

不是每一座山上都有寺庙

不是每一座寺庙里

都有高僧大德

不是每一个高僧大德

都没有犯浑或走神的时候

现在，坐在我对面的这个和尚

是个盲人，他说：

"庙门之外，遍野都是佛灯！"

我欲起身证实，他让我继续饮茶

"你的一双俗眼和一颗俗心

只会看见黑暗中提灯赶路的人！"

我无言以对，看见茶案上的夕照里

两只草虫正在交配

他应该是草虫的主人

没有把它们分开。佛灯下

他的盲眼里，伸出两根分叉的蛇信

荐　我

你看，我又与人结伴进入山中

而又独自云游

把自己推荐给泉水

推荐给晚谢的杜鹃，推荐给

庙门外的竹椅，推荐给

槭树横空的石头小径

推荐给头顶上的飞鸟或飞鸟的翅膀……

一次以征服为目的的行动

还是被我找出了个体空间

没有理由叛逃的娑婆世界的俗务

因为我的背离闪现出了

一缕人性之光。但我还是没有

把自己推荐给菩萨

也没有退一步，把自己推荐给

山梁上打坐的和尚。我对身边的行人

仍然心存善意，对容纳我肉身的

忍土，依旧怀有不灭之恩

你看，我只是迷上了鸡零狗碎的

天国的小玩意、小花边、小趣味

真实的自己，仍然在对立的两极之间

拉一根钢丝，表演着空中杂技

灵之祭

三个灵魂

第一个将被埋葬，厚厚的红土层中
紧贴着大地之心，静静地安息
第二个将继续留在家中
和儿孙们生活在一起
端坐于供桌上面的神龛，接受他们
祭奠和敬畏；第三个，将怀着
不死的乡愁，在祭司的指引下
带上鸡羊、银饰、美酒和大米
独自返回祖先居住的
遥远的北方故里

布朗山之巅

汽车朝着长满红毛树的森林飞奔
扬起的灰柱，仿佛道路本身
在练习生产速度的技艺。它倾斜的身子
侧着，像一幅赠给群山的倦怠了的
春宫图，脸庞插在西双版纳的草丛
对着缅甸的，则是它荒芜的臀部
哦，偶尔有拉矿石的车，从这儿经过
那是缅甸的矿石：未经许可的交易
性质等同于从大象身上撕下皮革的画卷
意义接近于取缔孟加拉虎的叫鸣
有时，也会有搬运甘蔗的马车
来自勐海，抖落的甘蔗被碾碎了
甜蜜的汁液弄湿了尘土——他们与我们
擦肩而过，走远了，才能听见
空气关门的声音……坐在布朗山乡
一个叫"老曼娥"的寨子里
耳边波动着小学教师玉温丙慌乱的呼吸
我们一起观看山上的火、缅甸的落日
我们谁也说不清，辽阔的世界
究竟存在着多少类似的角落——
用玉温丙的话说："一个人过日子
影子会变成草，悄悄地蹿进骨肉的缝隙。"

读《西双版纳植物名录》

热带的繁荣，是由 264 科高等植物
迅速地完成的，其中还不包括
那些亚种和变种。当假鹊肾树的纤维
死死地缠住一棵伞树，我们知道
一种非植物学的树种又诞生了
见血飞是另一种藤类植物
如果它们，彻底地蔓延，带着歹毒的叶片
龙牙草就将在自己的体液中腐朽……
我们所看见的密林，雨水的刀闪闪发光
我们所听见的声音，从根部爬向尖顶的
是 3893 种植物在暗中呼叫
千千万万的亡灵，在一只鸟的带领下
正向天空奔逃。幸运的，是那些
大象、麂子、马鹿……它们在植物的
尸身里，找到了暂时的安乐窝

叮叮当当的身体

他以为走到了天边
转过身来，看见了野象一样
慢慢移动的山冈。红毛榉
被天空征用，成了白云故宫的柱廊
那么多的藤条和野花，不是嫔妃
是没有走散的鸟的骨架
它们互为载体，以别人的身体
躲在这儿，秘密地狂欢
他在一棵芒果树的落叶堆里，付出了
最多的心血——金钱豹在那儿
睡过，打滚，丢下了一撮毛
他以为，这是遗物，正如我们
支离破碎，被孤独地放在世上
而且，还得为风暴的偏向
承担罪责，承受永不断绝的弓箭
和刀斧。有半天时间
他在草坡上，模仿鹭鸶
吓坏了蝴蝶；有一会儿
他在清泉里待着，清泉没有赠他
一把琴，却从此让他的身体
整天叮叮当当

易武山顶

我保持了沉默。内心的秘密
被天边涌动而来的开阔，堵回了肺腑
想象中，有一双手，把我的双眼
蒙住了，问我除了黑暗，除了
强行奉送的黑暗，有没有其他东西
比黑暗更令人恐怖。我的眼中
闪动着刀光，似乎正在施行一个
漫无边际的手术。眼睛，靠近真相
但它脆弱。我知道，当它必须
接受一个手术，说明它看见了远方
看见了一条呼之欲出的道路

我保持了沉默，只在内心，默数着
手术刀频频向下的次数
为一个拉祜老人守灵
不要打扰风声里睡觉的鸟
不要打扰，拉直了身体
站立在河床上的蛇。不要打扰
这一个拉祜老人，他刚刚灵魂出窍
也请你们，不要打扰我，我必须记住
这么多细小的山规，必须皈依
这么多蝼蚁的宗教……
老人安身的地点，曾经一层叠一层地

埋过他的祖先，他们终于手找到了手
骨找到了骨，心上草根
互相盘绕。请不要打扰啊，他们
在地下，也该歇息了
那儿静悄悄的，似乎只有一群
搬运骨头的蚁蝼，天上人间
不停地，来回奔跑

密林中

不见光的地方，毒蝇乱飞
看不见的蝉，个个高音。腐朽
触手可及，人迹罕至啊
谁也不会讨论生死
我认真地模仿，手中沉重的
砍刀，一次次扑向树枝和枯藤
被惊动的死寂，举着青草和
露水，表达抗议。难说地下有人
不想让泥土，草草埋掉自己
拉祜人，不厌其烦地提醒着我
没有永生或速朽，只有替代
和重复，这条新开的路
明天，又将消失。再来的人
是来收拾自己肉身的浮屠
抵达一个林中空地，拉祜人
又一次告诉我，土地，最好让它
荒着。荒，正被逼到死角。荒
正一点一点地变成墓志铭
我担心置身的这片密林，迟早
也会变成家具，他说："只要让它
荒着，第二年，它又会长出
新的家具。"在空地的尽头

立着一块石头，上面写满了汉字
清道光二十二年，一个江西人
姓左，在此迷路。这人将石头
视为浮屠。令人喟叹，他的心愿
至今未了，也不知，他在这儿
是否喜欢上了一百五十五年的孤独

基诺山上的祷辞

　　神啊，感谢您今天

　　让我们捕获了一只小的麂子

　　请您明天让我们捕获一只大的麂子

　　神啊，感谢您今天

　　让我们捕获了一只麂子

　　请您明天让我们捕获两只麂子

舞　蹈

时间都是卯时，月明
星稀。在哀牢山的林间空地
一群女人，身上不着任何饰品
肌肤黑白不一，体形各异
在月光、清风和溪水里
把身体洗了又洗，她们围成一个圆圈
听命于圆心里那个老妇人
沙哑、苍茫的口令
舞蹈之前，她们先是心生臆想
从空中或者地上，伸手抱住
某个死去的亲人的鬼魂
然后，口令声响起，或缓或疾
她们的身体，也渐次由圣洁
转入妖媚，由静止导向疯狂。在高潮
与反高潮的拉锯战中，口令犹如
咒语，调度、渲染、拿捏
全都在人间经验之上。反之
那群女人，扭动，吼叫，呻吟
佐之上下翻飞的长发、乳房和四肢
再佐之被彻底喊醒的活体里的鬼魅
她们的迷失与沉醉，则如浮世
预支的一场葬礼。死神的宴席上

一群女人，掀掉了桌布
裸身跳上了桌子，以期让围观者
看着她们，在舞蹈中快活地累死……
据说，没有一个活着的男人
看见过这种牺牲之舞，哀牢山
也不允许任何人踏入这女人们
唯一的禁地。男人们都远远地走开了
谁都担心，那些鬼魂附体的身子
触之，人就会化为灰烬
谁都又明白，让死去的亲人
领受一份人世的肉欲，观之，有违天理
我只是哀牢山的一个过客，但我相信
那些女人肯定通灵，是不可
替代的信使，她们从那片林中空地
一定带回了我们生活的谜底

2007 年 6 月，版纳

橡胶林的队伍，在海拔 1000 米
以下、集结、跑步、喊口号
版纳的热带雨林

一步步后退，退过了澜沧江
退到了苦寒的山顶上

有几次，路过刚刚毁掉的山林
像置身于无边的屠宰场

砍倒或烧死的大树边，空气里
设了一个个灵堂。后娘养的橡胶苗
弱不禁风，在骨灰里成长

大象和孟加拉虎，远走老挝
那儿还残存着一个梦乡

一只麂子，出现在黄昏，它的脊梁
被倒下的树干压断，不能动弹
疼痛，击败了它。谁领教过
斧头砍断肢体的疼？我想说的是
或许，这只麂子的疼
就是那种疼，甚至更疼——
一种强行施赠的、喊不出来的
正在死亡的疼。活不过来的疼

大象之死

它送光了巨大身躯里的一切
对没有尽头的雨林，也失去了兴趣
按常理，它对死亡有预知
可以提前上路，独自前往象群埋骨的
圣地，但它对此也不在意了
走过浊世上的山山水水
只为将死亡奉上，在遍野的白骨间
找个空隙，安插自己？它觉得
仪式感高过了命运。现在
它用体内仅剩的一丝气力
将四根世界之柱提起来，走进了溪水
之后，世界倒下。它的灵魂
任由流水，想带到哪儿
就带到哪儿去

山中八忌

在基诺山，忌从杰卓老寨

步行前往司杰卓密

从人世到天国，只有一条死路

忌猎杀之后不祷告，强取鬼神的家畜

供养了生命，也偷越了边界

忌横行于村寨，奉命施展魔法

把人变成鬼，又把鬼变成人

忌偷窥人与鬼恋爱、结婚、繁殖

忌有意或无意，把那儿当成

魔幻或超现实主义的领土

忌语言暴力、种族歧视和恶性洗脑

忌伤口里插刀，坟地上盖楼

忌自杀、心死、冷漠，在那人与鬼共生的

胎盘里，就算我们一生作恶

百无禁忌，也须重做一个胎儿

静待出生与哺育，并对生命

保持永恒的热爱和崇敬

灰色的山丘（之一）

斜坡上的橄榄、大刀树、山茅草

平息了内乱，一起涌向天庭

是一群披头散发的理想主义者

昆虫有自己幽闭的国度

事事细小，虚弱，把朝廷、寺庙、广场

生与死，统统藏匿于粉末

偶尔见到几只飞鸟，喜鹊或乌鸦

都有超人的独处能力，辽阔的天空

被他们缩减为一条航线

或一根树枝。我孤身一人

绕道勐腊县，横渡释迦牟尼

设坛讲经的南腊河，深入不毛

是一个徒有满身反骨，已经

无路可退的生活的败类

弑神，空想，抗暴，在一张张白纸上

我说出了物质主义杀人诛心的反动性

也把自己送上了挫骨扬灰的审判台

哦，我的朋友们，我期待着

在此与你们相遇

让我们一起，坐在山头上

见证弧形的天幕上，那渐渐冰冷的落日

灰色的山丘（之三）

清晨，两只蝴蝶，像两个
杂技演员，在一片逆光的草叶上交配
它们的四只翅膀
穿插着经脉偾张的金色线条
激荡着芬芳、饱满的小漩涡
这四只剧烈颤动的翅膀
仿佛也在频繁地提示，它们短暂的寿命
只剩下四天时间了。它们
随身携带着光阴与美学的毒药

中午，虚幻，静谧
一生鳏居的老猎手，石窟里醒来
滴水声一如潮汐，他起身
熬制箭毒木中剧毒的汁液，凌乱的头发
和柴火的浓烟，一静一动，都是白色
白色里面的白，白得看得见
心底刀光一样的月色，白得只剩下
一个曾经的猎虎英雄，肝胆之间
无法化解的黑色箭毒。是的
他至今还在梦中杀虎，但他不知道
他记忆中的一声声虎啸
他床底埋着的那一筐虎爪

他用作褥子的那一张虎皮
就是令他热血沸腾的春药

黄昏，无量山飘来一朵朵云
从哀牢山南下的晚风，又将它们
吹向了更南的允景洪
夕照倒退着走远，丛林穿上黑袍
在基诺洛克神圣的鼓声中，我掏出
一枚硬币，正面代表正面
反面代表反面，但我迟迟没有
抛出硬币。正与反，犹如星空和家园
一个是我的毒药，一个是我的春药
我在它们中间，在它们共同的反面

灰色的山丘（之四）

途经山丘上的一片坟地时
野花灿烂。从它们形质各异的色彩
和香味中，我获知了
种种死亡不同的结局
我的身体也开始出现异样
骨头被一种利器反复地砥磨
体内到处是粉尘。肉身则被虫蚁
一点一点地咬碎，运走……
哦，这粉身碎骨的滋味，令我
不敢在那儿久留，转身就回了人世
还有一回，厕身于特懋克节
兴高采烈的人群里，看基诺人杀牛
祭司念咒时，我已看见
满天刀光；杀手的长刀抬起时
那牛绝望的眼神，只在我身上停顿了
一秒钟，我便感到自己的血
已经喷射一空。晚上
在祭司家里我喝酒压惊
他是个好人，他说，他已将牛
将那一个死去的我，一起喊回了人世中

幽　灵

一个女孩死了
没有留下任何遗言和信物
她的情人找到巫师——
"我想去阴间看看，问一下
她还有什么未了的心愿!"
巫师给他放魂，却没有将他再收回来
他的身体至今还留在基诺山
每天睡觉，耕种，喝酒
像一部肉做的机器，几十年运转
幽灵一样，沉默寡言

远　嫁

　　我的妹妹巴鲁墨，她是始祖阿嬷
　　寄养在人世间的美人
　　——她一再轮回的断代史
　　残篇断简，疑窦丛生，但主线始终不变
　　都是血缘婚与人鬼情，每一次
　　她都死于魂不附体。现在
　　她又回来了，又得在人世间
　　学习爱与恨，获取生与死
　　以始祖阿嬷的意愿，她最好能被生活
　　千刀万剐，就此死心，再不重生于人世
　　——我不想看到她新的结局
　　不想让这么美的美人
　　生就是死，死就是生。特懋克节的
　　最后一天，让巫师作证
　　我把她嫁给了司杰卓密神山里仙居的
　　铁匠神。铁匠神是隐形的，婚礼上
　　她单独的美，她彩绘的笑容
　　醉倒了基诺山所有绝望的男人

反　对

——致为血缘之恋早夭的少女

十八岁的青春有鬼。她用死亡

反对自己。反对

预先设下迷局、挖好坟坑的命运

反对一再复制、没有尽头

让人失态的贫寒和劳作

反对天阔地大、人若寒蝉、孤独的内心里

杀不干净的飞禽走兽

反对太阳、月亮、时光、山坡、溪水

白云、飞鸟、野花、虫叫

以及经常让她迷路的纺织和雨林

反对难得一见的巫师和铁匠

也顺势反对父亲和哥哥，这两个

她能够看见脊梁、嗜酒如命

但又冷血寡语的男人。当然，她一直反对

来历不明、常常坐在山顶

与哥哥观看落日的那个狐狸精

——她爱，她毫无选择地

爱上了自己的哥哥，想做哥哥的妻子

这爱，她爱出了多出来的一个人世

也爱出了一座提前来临的地狱

九条岔路口的圣地

山茅草和灌木丛里

站满的不是停下来的风

是看不清面孔、烧至灰烬

仍然热恋中的亡灵

多么惊悚,九条路的交叉口

三条路可以沿着炊烟

逆向重返人间;三条路可以追随蝉叫

去往鬼国;剩余的三条,野樱桃

和美人蕉夹道,通向天国的大门

可它们以粉身碎骨的方式前来

像阳光射入土壤

抽不出身,哪儿也不去

无声、无形,执拗地等着

苟活于人世的恋人

而且,它们彼此熟稔

无一不是热血偾张的基诺人

一闪而逝的泡影和闪电

如果必须确认它们的身份

它们现在都是个体,黏液干涸了

无姓,无名,拥有绝对的独立性

返回前世,则有一本牛皮家谱

被无情地打开;它们

有的是父子、父女、母子、母女
兄弟、兄妹、姐弟，甚至是夫妇
而父子或母女等待的人
可能就是同一个
哥哥等的可能就是自己的亲妹妹
不过，在那儿，它们认为
那血缘之中的雷霆，已经平息
那俗世中深入血肉的枷锁
已经一一解除。苦厄
已是乔木黄连嚼尽枝干之后
残留在舌尖的一丝纤维……
——我曾经从那儿路过，一个汉人
不是它们守望的人，身轻如燕
仿佛有无数双手托着我
但我不敢久留，害怕被某根灌木条
死死拽住，用不属于它的声音
向我打听某某人的死活

芦苇

秋风吹开罩地的夜幕

露出了小黑江边的芦苇

像八百媳妇国八百个柔若无骨的女首领

穿着白衣，追随一身沉疴的国王

逆江而上，北拒元朝军队的铁蹄

像白衣没命军战象背上

一心送死的战士，在梦里

给未亡人，送回的白骨和象牙

像贴地枯荣的荒草，高举一根根山茅草

在流水的镜子前，模仿芦苇

像一些枯死了的芦苇，从火焰中回来

悄悄插身于白茫茫的芦苇……

其实，那是冥河岸边，夜夜守望

没有等到渡筏的基诺族女子

——她们卡在了俗世

与天堂之间的流水里

后黄昏

通向基诺洛克小镇的道路两边
"初恋""热恋"和"结婚"
是三个村庄的名字
——在巴波，在恒定热恋的寨子
打铁节的大鼓舞讳莫如深
似有一男一女，一直交合于鼓腹之中
咚咚咚，他们吃光了自己的肉
饮空了自己的血，剩下的骨架，还在训演
繁衍的技艺和使命。夕阳落在
三个地方：最先落在山背后，其次是
巫师的瞳孔，最后是大鼓
诡谲殊甚的空气中，也有邪灵
从草叶、屋檐和久病的羊蹄上来访
正如骨相苍郁的生血男人
与铁匠女神举行了婚礼，而野芒果树下
又一个少女珠胎暗结。亦实，亦虚
巫师的卜卦还没有给出命运的劫数
或吉兆，那个拼命击鼓的少年
却鬼迷心窍地爱上了自己的亲妹妹
接下来的场面才是大场面，巫师，鬼魂
男女老幼，他们对着神山的方向
饮酒至深夜，白晃晃的月光下，醉若

一具具没有身份的遗体
我亦醉，飘飘忽忽走在寨子中
身后总是响着，我怎么也摆脱不了的
阴森森的，喊魂的声音

吃 土

巴亚寨的老阿妈，年复一年
用石崖上渗出的泉水，一次次漱口
用杰卓神山之中采来的草药
熬汤，天天清洗胃部
就等月圆之夜，人都睡定了
只有虫声，唧唧复唧唧，不含
一丝半点的私欲，却又是带着血珠子
的刀刃。她就会枯坐于榕树底下
一个人静静地吃土
一边吃，一边哭
——寨子里的巫师
错误地认为："土里面
有她亲人的遗骨。"又说："她太苍老
已是空壳，想把身体填满沉甸甸的土！"
她一生都没有正视和反驳种种
善意的说法，有人问起她
她说："泥巴是咸的、苦的、臭的
是一味药。"或说："噢，又香又脆的土！"
巴亚寨的人都不知道
她吃土的时候，世界的另一边
无量山中，一个白发罩脸的塑佛师
总会丢开其他活计，用土

塑一尊观世音佛。几十年了
一错再错，少年时镌刻于心的形象
多少细节他记忆力惊人，但外形
神仙少女的外形，他已日渐模糊
一双枯黑的手，触及双颊、脖子
乳房和小腹，就忍不住要哆嗦
改用刀，又总是一次次将手指划破
一次次用自己的血，浸红了土
只能在内心，一再地
自责："哦，罪孽，罪孽！"

野　果

牛肚子果、歪屁股果、鸡嗉子果

公鸡卵果、象耳朵果……

当这些禽兽和家畜的器官缀满

枝头，太阳是基诺人的太阳

月亮是基诺人的月亮，基诺人的秋风

也就在高速公路两边、沟坡上、密林中

剔除了汉语和傣语的内脏

猎伐、奴役、驯化，针对猛虎和野象的暴政

从来没有心慈手软的一面

龟缩在泥石之下的荒野民族

却有着天高地厚的沉默和傲慢

他们不为所动，以时间的残酷性

解构自身的丧乱。依然迷信

自己的视力、嗅觉和万物有灵的世界观

在轮回的古老秩序中，保持着

相依为命的食物链

噢，迭塔，迭塔，那鬼神耕耘的高地上

人们用鬼火烤食着玉米

用游魂看不见的手指采摘棉花

用铁匠女神赐予的锅盆煮熟了马蹄根

野猫花和象耳朵菜，用野兽的角爪和头骨

提升自己继续存活的魔法

生与死的连环套，谁都不会

盲目地解开。这个人鬼混杂的世界
竹编的餐桌旁边或午夜的星空下
还跑着麂子、野牛、双角犀鸟和竹鼠
还有虫、蚁、蛙、鱼、蜂、蟹排队候补
巫师得到了他们想要的兽头
兽心和股骨，野鬼和山神
则将所有轻于羽毛的魂魄悄悄带走
不会中断的流水席，蜘蛛和蟋蟀退出了
叫蝉和葫芦蜂又加了进来
人们喝醉了，又醒过来
勐旺河在血管里流淌，卜天河
进入枯水期，河床上一再地露出
各种生灵的遗骨。我在这幻想与真相
互相交织的场景中，借蛙的口腹
鹧鸪的翅膀，混迹多年
伐箭毒木，配以蜈蚣、蝎子和毒蜂的毒液
制造毒箭，处心积虑，志在射杀内心的虎狼
这手里的毒箭，已经变成
一个汉人的饰品和送不出去的礼物
我毒箭的呼啸还封存着
我拜山河为父母的信誓仍然有效
但我腹中的野果、野菜、野兽
没有替我分担我见不得人的绝望和孤独
而且，插身在两把对劈的砍刀中间
我像一棵坟地上死有余辜的松树

听陌生人说

他说要跟我谈谈，绿色的树叶中
致命的黑色，树干中的刀柄和棺材
我继续喝酒，酒水灼热
我倾身于桌面，醉虾还在玻璃器皿里挣扎
他又说，他看见过一个死去多年的刽子手
又活着回来，人们让他换一种活法
这人还是做了刽子手

我继续喝酒，醉眼迷离

油炸的蚂蚱、竹虫、蚕蛹纷纷重生

他停顿了一会儿，接着说

狮子豢养了人，大象迷恋老鼠洞

他捕杀的飞鸟，每一只的翅膀下

都有一封侏儒寄往巨人国的血写的投降书

血液掺入金粉，毛笔字，字字有命

我继续喝酒，酒水里

我洗了洗牙齿、舌头和喉咙

我想用干净的语言，岔开他的话题

说说人世间无处不在的阳光、慈爱和真诚

但我保持了沉默，该死的沉默

没有内心爆裂的思想

没有未知的悲伤和叛乱

是的，我的躯壳，早已沦为空空的炸药桶

悬　崖

秋蝉鸣叫于弥留之际

像不会停歇的闹钟，心里超量的善

进入了恶的轨道。在森林尽头的悬崖上

几朵艳云在跳伞，想象中的沉重

比晚风还要柔软很多

我静静地眺望着霞光闪烁的勐旺河

只为接受黑夜降临之前，孤单

木讷、虚无对我的审判

在勐旺河里，在悬崖的下面

我将是一个新生的恶棍

生活在更多的反自然的恶棍中间

有人曾经到过这座悬崖

看见过河山的宁静，但他们都在离开时

突然转身，跑向了云朵

我没有找到厌世或乐观的秘密

也想跳下去，却被指定为油漆工

每天在生与死的连接处，重复性地

画着一条黑白颠倒的分界线

躲　雨

一群清朝的死人，把浮财
埋在了孔明山，埋下的
还有很多尚未寄出的信件和契约
那儿距老挝国已经很近，山坡上
隐居的人没有族名，自称香堂或克木
仿佛汉人的远房亲戚
野草长得像竹林，野花开成了牡丹
鸡却不敢长大，歇在树枝上
样子像喜鹊或乌鸦……
那些埋宝的洞穴，是他们修筑的
一座座坟墓，墓门已经被打开
所埋的财宝，全被时间花光
信件和契约，加入了落叶家族
只剩空空的墓穴
如野地上飘渺的凉亭——
遇上雷电和暴雨，过路的人
就会钻进去躲避
再钻出来，雨过天晴
山野犹如新创，他们觉得
自己真的躲过了一劫，活过了一次
重新再活，每一个人
都是一封终于寄出的信件
都是一两两兑现给未来的白银

黑熊的戏剧

夏天，雨林中的雨季
为黑煞神备下了
毒液砭骨的鞭刑。湿漉漉的藤蔓
与草叶、满身苔藓、已经成妖的杂木
以及腐殖土的存在与虚无
尽是这些莽汉主义者
如影随形的拔毛队或迷魂阵
它们，天生的贱骨头，常常把
雨打芭蕉、百鸟朝凤、空山流水
错当为喊魂的咒语，在桤木、榉树
和沟壑、坡地之间，胡乱地
寻找藏身与净身的洞穴
像一个个与红尘为敌的隐士
在它们看不到的地方，树上的雨棚中
孤独的攻猎者一边饮酒，一边
表演口技。开始，他以冒失鬼的口吻
"南边的陷阱，忘了安装竹刺……"
几杯酒落肚，他用的是女人
的腔调："哦，北边的那些陷阱
我分别放了一只野兔！"
酒劲上涌，他声音含混
还啃着一根什么骨头，他用的是

巫师的声音，有股邪气："嗯哼嗯哼哼
东边的陷阱，我用狐狸血，嗯哼
在井壁上画了一幅幅旭日东升图
嗯哼嗯哼嗯哼嗯哼哼……"
暮色涌进了雨林，虫声鼎沸
将轮回中的末日高举起来，送给
树冠上的月亮。他已经醉了
用的是电台主持人假高潮式的咏叹调
"哈哈，西边的陷阱，我都凿了个
小小的洞穴，里面放了台放音机
循环响着安魂曲……"
攻猎者蒙蒙眬眬地睡去，雨林中
最先出现的一只黑熊，也许
它认定，夏天就是自己送命的
法定时期，它受不了了，它想尽快死去
所以，它一出场，就一头栽进了
西边的陷阱。令它在弥留之际
又方寸大乱，陷阱是个无底洞
坠落的过程中，它发出了怒吼
口不择言地做出了毁灭性的呼救
——雨林中所有的黑熊
黑夜里唯一会动的生灵
风暴一样席卷而来，为了拯救同类
纷纷跳入了陷阱。安魂曲
循环播放着，它们在永恒的坠落中

彼此舔洗伤口，互相安慰

直到用尽所有的慈悲和爱

然后开始抗议，诅咒，绝望

并渐渐地饿昏了头。交配中的身体

由撕咬上升为吸血与吞噬，都想尽快

在对方的身体里找到传说中的地狱……

可以想象，当它们坠落至洞底

肯定只会剩下一堆堆、形同

不共戴天的死敌绞杀在一起的

疯狂的骨架。而且，这仅仅是

没有结局的戏剧的第一幕

攻猎者，拒绝将白骨从陷阱里运走

它们将是诱饵，将在循环的安魂曲伴奏下

循环不休地呼救。又一批批黑熊

必将次第来临，戏剧不会有终止的时候

戏　剧

在有关雨林的戏剧中，我塑造了
一头猛虎。它得帮我找出
语言和假象的雨林深处
深藏不露的狮子。剧情简单得无以复加——
一头猛虎，出自本能地寻找狮子
剧幕一开，布景是星空、雨林
和一座坍塌多年的寺庙
猛虎从寺庙的断墙和残破的佛像之间
昂首走出。它入戏很快，马上就忘了
自己是灭绝的种族，暴君、自由之神
和丛林之王的本性拔地而起
它腾空的几次飞扑，它的一声声
长啸里，雨林顿时失去了丰富性，星斗
躲到了云层后面，独树成林的巨木
缩小为草芥，飞禽瘦身为瓢虫
昆虫则碎化为粉尘——这不是我设想中
的剧情，我反对暴政借尸还魂
主张戏剧中的物种各安天命
便将猛虎叫到台下，一顿劈头盖脸
的呵斥。同时，还将布景换成了
残月、荒丘和流水。这一回
猛虎横卧在荒丘上，一动不动，热衷于

远眺，我以为只要它一直等着
流水一定会送来狮子。但它的瞳孔
迸射着令人胆寒的杀气，一点也不放过
每一次杀机。路过的狐狸、藏獒
黑豹，乃至野兔、孔雀、老鼠
和一切细碎的生灵，都被它变着花样
一个不剩地折磨致死——
这也背离了戏剧的旨趣，而且
我坚决反对地狱的盗版流行于人世
质疑误伤的合法性，容忍不了
由此派生的滥杀无辜
以及暗杀与秘密处决
排练到这儿，我意识到了猛虎天生的
反异类行为，非我能够压制
而狮子，操控戏剧结局的那头
同样丧心病狂的狮子，它还躲在暗处
无视悲剧的一再发生，我只能
再一次驯导猛虎，并将布景调换为
象征天国的基诺山，为防止它饥饿乱性
还将一群肥硕的羊羔赶到了舞台上
然而，这头猛虎，吃光了羊羔
也吃光了山中走投无路的人
最令人悲伤、无助和抱恨的是，狮子
仍然没有出场。这头狮子
它究竟在哪儿呢？戏剧难以向下深入了

那个扮演猛虎的演员，他告诉我
他嗅到了狮子刺鼻的血腥味，听到了
狮子高于尘土的心跳声，甚至感应到了一股
来自狮子的比猛虎更加无处不在的
杀气。但他心力已经用尽
还是不知道隐形的狮子
到底在哪里。他绝望地哭泣的时候
我绝望地撕毁了剧本，死心塌地
做了一个基诺山上的草民

去小黑江的路上

多么可怕，我竟然想杀人
想杀死他们！他们摧毁了这儿的一切
让僧侣学会了割胶，让基诺人
在天国的群山上凿出了一条
重返地狱的小径
他们，戴着面具，菩萨的心肠里
藏的是血腥与毁灭。我想与
受难的雨林共生在未来
可能性已经微乎其微，我要将这些
刽子手改造成诗人，难度也等于
骷髅重新变成为父亲。我自囚于白纸
已经很多年，在诗稿上起义
无非是一个孤立无援的
美学雇佣兵，在语句中血污溅满铠甲
也只是在对抗凶残的反义词
但是，现在，当他们砍倒
天荒地老的古木，转身提着砍刀
向我奔来，尽管我手中的笔
轻如鸿毛，佑护不了相依为命的蚂蚁
与蝴蝶，我必须迎上去
迎着冷飕飕的刀锋，做一个
不怕死的诗人，心碎的诗人
白发像骨灰一样的诗人

魂　路

下面这些地名，基诺人

生前一次次走过，死后也在

不停地走着：寨门、岔路口、沙堆

兄妹石、洗下身的水潭、空树

女始祖的寨子、分水岭、林荫道

巫师死后焚烧帽子的山坳

人鬼的边界、牛群休息处、渡口

鬼谈恋爱的山谷、水倒流

司杰卓密的寨门……

把这些地名串起来，就是基诺人

从人间通往天国的魂路

它们中间的每个地方，现实中

都可以指认。兄妹石，我曾经去过

一对兄妹相恋，被逐出人间

去不了天国，化成了人间与天国之间

永恒苦恋的两块石头

女始祖阿莫杳孛的寨子已经是废墟

其庞大的建筑遗骸，矗立在

高不可攀的绝壁。但其建筑材料

取用的全是普通的沙土、松木和风化石

这座空中楼阁，似乎只是始祖

狂欢之下的杰作，暗示了人世的速朽

人与鬼的边界，那儿只有一片坟地
坟地上有人在挥汗如雨地耕种
渡口在小黑江上，碧波和两岸的雨林
美，已经绝迹的美学，但它是冥河
那一条鬼谈恋爱的山谷
之前，人们难以侧身进去，是雨林之心
是众鬼鱼水之欢的圣地，现在消失了
山谷里种满香蕉或橡胶林——
哦，司杰卓密的寨门，天国的入口
以及天国、净土、禁地
悬垂的血色黄昏中，广东人、河南人
变魔术一样，变出了他们皇家茶园
的老底，每一座山头都有了主人
和扶摇直上的浮世价值
在一篇日记中，我写道："我从来
也不反对，人们对天国的向往
但我不相信，从人间到天国的路边
只能栽种香蕉、橡胶和茶树。"
我的匹夫之怒，在人鬼同行的魂路图上
如四散的蜈蚣，有再多的脚逃亡
也忍不住发出的叹息

孔　雀

在低矮的树丛里睡眠

睁开眼时，把漏光的树蔓当成了

孔雀的覆羽和眼斑

同时还听见孔雀"怕佛，怕佛……"

魔鬼般嘹唳的叫唤。这互相诋毁

的幻觉，复制于白日梦

我甚至可以谎称，禽类中的三品文官

神的坐骑，它撑着两米的弧形扇面

正踱步向我走来，目中无人

却又贪吃翎羽下的壳类谷物、蠕虫

小蛇、花苞和小石块

它的美，延缓了美学一波三折的战乱

也加快了时间和血液的流速

可那本质上的粗鄙、浮华与贪婪

借用覆羽和尾羽，也难以遮掩

我翻身坐起，左拳捶腰

右拳击打太阳穴，人到中年了

仍然事事不开窍，清气与浊气缠绕在腹

骨刺增生，频频挑起体内的事端

尽管树上飞来鹧鸪和鹌鹑

催促我遁迹在乱石和草木间

然而聒噪不休的还是孔雀

它们的攻击性，它们的傲慢及漆黑的脚
魔咒似的，令我无力摆脱
我怒吼了一声，鹧鸪和鹌鹑飞走了
基诺山寂静的山谷，传递式的
响起变形的哀嚎。是的，我还是
不能容忍公园、舞台和庙堂中
孔雀那观赏类艺术家和装饰类工艺师的
双重欲火。它们让我在与世隔绝处
沦为了困兽，自动戴上
人性的枷锁，又在砸碎这枷锁

死去活来

祭师死于频繁的下跪
金孔雀人立而行，又将他的灵魂
从空中，送回了家。之前
他还死于械斗、围猎、大酒
也曾死于度亡时将自己
放了进去。孟加拉虎，人立而行
送他回来过。野象、巨蟒、金钱豹
以及海豚和山魈，人立而行
从广场、舞台、动物园等不同的地方
分别送他回来过。他的样子
不像重生，不像赖着不走的隐形人
没有死里逃生者，惯有的
懵懂与震悚。回到家，键门酣寝后
顷刻间便从尸身中拿出自己
他席地而坐，嚼食着竹虫、蜂蛹
和风干牛肉，一碗酒落肚
这才腾出左手，拉一把空椅子坐下
右手不停地揉着膝盖
家人们还在他的坟地上痛哭
立碑，种松。屋子里，只剩下那条
被他打瘸了腿的猎狗。他只是来辞别
拉着狗的尾巴："下一次，我再也不

回来了！"接着又说："如果有人

连死去的人也不放过，还要我回来

领罪，作伪证，我，我……"

他开始噎咽，猎狗用温暖的目光，望着空洞的他

又掉头，对着门外空吠了几声

他活在人鬼之间，知道太多的

不可告人的秘密："我，我……"

一个死去的人，在无人的家中，他仍然

什么也说不出来，喉头上的铁锁

他打不开。猎狗人立而行，一瘸一拐

在他面前表演哀求、下跪、叩首

他终于笑了起来，又哭了起来

——送葬的家人回到家中

人人都欣喜若狂，连夜运回他的尸身

求他附体再生，他抱着自己

又哭又笑，不停地死去活来

酷　刑

所有这一切：天空、雨林、毒贩、瘴疬
都可以指控他。他把自己
强行缩减为一个躲避捕杀的动物
历经了反反复复地搜身、窥探和审问
终于拖着自己各不相同的尸体中的一具
出现在金色落日下的码头

世事纷呈，因果大乱，这个北方的
偷渡客，对着芒果树独饮，向钢铁借力
调换面具。碰巧有几个警察酗酒路过
他迅速穿上袈裟，闪身躲进了
湄公河上一艘锈迹斑斑的铁船
就像偷运的象骨堆上摆放着鲜花

那一夜，铁船驶向吴哥窟

当他从一堆杂物中探出头来，他不禁眼前一亮
明月下面，甲板上赫然站着一个
目光如炬、手持冲锋枪的小尼姑
他把双手高举过头顶
无心于明月，有心于黑洞洞的枪口
长叹一声，但还是俯首就戮
感谢命运把自己交给了
互不搭界的残酷之美

狩猎者

白云上的青草

阿嫫杳孛女神

她住在白云朵朵的杰卓山

我们在内心，尊崇她

这一个用身体和灵魂

盖住了大地的妈妈

她把我们安排在寨子里

相亲相爱，打猎，种茶

走着路纺纱。作为对死者的奖赏

她把祖先的亡魂，送过

小黑江，在司杰卓密

过上了比人间更美更善的

生涯。有时，我们在月光下

祭拜她，求她早一点安排

渡江的竹筏。她说：白云上的青草

要开花，没有悟到凡尘的美

没有为美流空一身的血汗

你们就必须留下

阿嫫杳孛女神，她把我们

留在了基诺山，天天望着白云

等着上面的青草，发芽，开花

仿杰卓山民谣

苦马草叶镶上了月光的银首饰
上面红色的槟榔汁，如同坠在你胸前的
红宝石。鸟叫的地方，多么清静
水洗过的岩石，多么干净
在阿嬷杏孛这盖地的妈妈受孕的树底
请你让我，在你体内，把孩子的故乡
快快建起。你听，造物的神啊
她在我的身体里，一直喊着你的名字
让你，贴着我的心脏生
让你，死在我的心脏里

狩猎者说

外出狩猎的父亲，三年时间了
还没有回来。他是基诺山最懦弱的猎手
一生都被老虎、豹子、黑熊、野象
残忍地追逐和羞辱
他每次带回家来的，野鸡、乌纳
鼯鼠、白鹇、斑鸠，都不需要勇敢
毒箭和铁弓，甚至不需要丰富的经验和技巧
与母亲带回来的石蚌、蚂蚁蛋
和形形色色的野果一样
都是人类永恒的败类，只能用来糊口
多么漫长的三年时光，我和母亲
内心都知道，这个生活中的胆小鬼
他已经死了，肉身加入了虎豹
或坠落在神秘的山谷
我们给他埋了衣冠，埋了他
用箭毒木、蜈蚣、蝎子和狗闹花
秘密炮制却一次也没有用过的毒箭
还请祭司，把他的灵魂
送去了天国。但我们仍然每天
都在祈求山神和兽灵
希望它们能将他护佑并送回家来
我们还一直在山上呼喊着，寻找着

如果他还垂头丧气地躲在

某个山洞，尊严高于一切，我们

将严守他依然活着的秘密，悄悄为他养老

如果他果然死了，我们一定要找到

他的遗骨，不惜杀光山上

所有的猛兽。然后，将我们

悬在心上的悲伤，和他的遗骨一起

埋葬在人来人往的路口

沉　默

险象环生的旅行一般都发生在
分水岭上，你精心布置过器物
却倍感生疏的居所
"嗯，这儿住着的那个基诺族男人
他与天国中的铁匠女神有着六十年的婚姻
但每次见他，他都是一个人
手上拿着铁环，腰上别着匕首……"
在这段陈述里，作为别人的妻子
铁匠女神只存在于字面上
只有基诺族男人，他在我们中间
"你真的爱她？她给了你什么？"
俗世的提问直奔永恒，他屡次闪开
在爱的深渊，甚至可以说在生的牢狱里
可以依傍的只剩下了忍受与沉默
而且，这份虚构出来填空的爱
他将一生也不会放手

斩草帖

他像一个没有出处的人
挥动着砍刀，由坡底
斩草去山顶。一点恶意也没有
内心，甚至只装着对生活无限的欢喜
但他那疯狂的劲头
仿佛有什么恶灵，私底下
提供了超人的精神支持
斩，每一次挥刀，都把自己
彻底地递了出去
途经的石丛、溪谷、土丘
他的身边，杂草和野花
纷纷领受意外的致命一击
昆虫在四处逃窜
蜜蜂与蝴蝶，抱着花瓣的残屑
仓皇地飞溅。花粉香、青草香
浓烈、腥腻，有着强压之下
喷薄而出的异象与悲愤
如一首首绝命诗
那些拦腰而断的草，习惯了站立
平躺在地上，想借风的扶持
重新站起，起起伏伏，状若病榻上面
遗言铭刻于心，却又欲言又止的人

还残留在地皮上的草茎

刀不在了，但保存了砍刀

猛斩的记忆。也有一阵阵骤起的山风

像来自别世的邮差

抱起几片轻盈的草叶

翻着筋斗，送给树枝或孤独的乌云

汗水流光了，砍刀想歇一歇

这个斩草的基诺人，他的身体

越来越轻，越来越像一把砍刀

越来越像一把砍刀引领着的人影

并在砍刀的命令之下

停下来，草一样平躺在山顶上

他暴露了深藏不露的本性

但他真的没有任何斩草的目的

精疲力竭，双眼空洞

木然地望着天上一只无所事事的鹰

一个基诺族人如是说

我住的山，不在鬼国
那儿有密林和溪水，蝉儿名叫"阿枯幽"，用基诺语
唱歌。寂静，堆起来，组成了
一座座草坡。夜里，我将不再讲汉话
像蝉儿一样，我用基诺语，向祖先问安，又用基诺语
做梦，说梦话。我的妻子，她叫帕卡，不会汉语，我们
做爱时，她的呻吟，用的全是土生土长的基诺语
——她像一个在云朵里纺纱、织布的女神
而我则是一个铁匠，天天住在火炉里

烧 荒

风起云涌，火焰连着晚霞
我在山下的荒径上踽踽独行
我在想：请将火焰从山坡上移走
请在火焰和晚霞之间砌起一堵隔离墙
噼噼啪啪的声响
打扰了草木终身的睡眠
四面扩散的狼烟，已将凶兆
送抵了天幕。实在是让我的内心震颤
高温和灰烬，把幼兽和昆虫
统一烤熟了，又统一掩埋干净
飞禽和巨兽侥幸逃生
却在另一座山中，当起了看客
梦想着能将跑丢的自由和肋骨——找回
唉，它们竟然没有感谢自己的翅膀
和快腿，没有诅咒这足以灭绝一切的烈火
这些草木，草是荒草，木是巨木
出自造物主，它们理应善始，善终
这些幼兽和昆虫，我在想
集体焚身之后，它们去到被迫开启的
另一个世界，个体和独立已经被彻底荡平
会不会狐狸的尾巴长到乌龟背上
蚂蚁仍然细小，却有了黑熊的心脏

人人得而诛之的麂子，它们的脖子上
会不会长一颗蜘蛛的头颅
从此用蜘蛛的方式思考，给自己
不停地编织天罗地网。喔，山坡之上
到处都将是逃亡时遗弃的灵魂，它们
会不会满世界寻找可以托身的物体
岩羊找到了刀，毒蛇找到了绳子
蝎子也含剧毒，它找到了玉米
豹子找到强盗，蜈蚣找到了火车
蟑螂找到酷吏，蝴蝶找到了痴男怨女……
我想得筋疲力尽，而天空也黑了下来
把发光的使命全部交给了火焰
我觉得有无数的萤火虫找到了我
接着又有一群蟋蟀进入了我的身体
一边充当灯盏，一边叫声凄厉，在山谷中
我多么像一个疯狂时代的伪道士

尽　头

沉默、粗粝，一块灰白色的石头
处在天空和群山
轮番的重压下。也裸露在
阳光、星斗、风云、雷雨和时间
无常的漩涡中。没有佛形、人形、兽形
不是放大的拳头，也不是
缩小的心脏。上面没有碑文
身下也没有埋人。刨开四周的泥土
没有发现榕树和曼陀罗
无处不在的根蔓及尖锐的竹笋
蚯蚓、臭虫、蚁群，先于它逃亡
抛下的尸骨已经变成了土
飞鸟不在它身上栖息，月光
始终没将它磨成镜子。它不反光
它的内心没有投影和记忆
释迦牟尼曾在几十公里外设坛讲经
留下清澈的河山、信徒和寺庙
它没有听见，没有看见，没有感应
抱着石头的本质，彻底断绝了
成为纪念碑的可能性……
基诺山上这块石头，是我说的尽头
如果你见到一块

与之截然相反的石头
那你提供的是第二种尽头

远　眺

远处的事物：耕作、命运、信佛

一点一滴的琐碎，身在

烟云和藤蔓之间，总是拿捏不准

抓住锄柄时是否抓住了远去的心魔

种下杂树与稗草，不知道

广结善缘的枝叶上，会不会挂满

不用奉献的供果。心之诚，血之淡，命之空

自省时早知自己身无长物

怨恚与责怪，也已淘沙捕风

不留半点黄金，不伤一只蝴蝶

乱世，仍从山外驱车赶来

米粒里的玉，茶叶里的致幻剂

清泉里的闪电，花梨木里的旧家具

基诺人骨头里躲着的风流鬼

他们一一指认，全部都要带走

他们带走的，其实都是他们自己

寄养在这儿的老虎和狼群

从杰卓山到小黑江，山已空虚，水已空虚

天地已经可以互换，地飘浮在头上

天长满植物，倒挂着的野菊花

开得像从前一样美

夫复何求？房顶上、树丫间、田埂边

我们偶尔会伐取一根椴木

千刀万凿，雕个菩萨

它远眺的时候，我们把砍刀放下

隐秘森林

隐　痛

流落异乡，他们猜测着我的来历
旁敲侧击或用酒水。蚀骨的
不一定是美色，多少次在大河掉头的村庄
给我水喝的老妇人，目光慈祥
形同废墟，却又是一座氐羌人后裔
安放在那儿的佛堂。忏悔，一度从地下
升起。说出，把知道的全部说出
就可以在佛堂的门槛上
睡到天亮。我不是那个信手乱写
指鹿为马，意欲成为土司的刀笔吏
也不是沿着澜沧江，一路封官许愿的使节
睡了小国的公主，带走了酋长的珍玩
回到中土，便解甲归田
那我是谁呢？安南都护府里的
傀儡？张居正的线人？我真的说不出口
教义被修订了一次又一次；族名
改来改去；地名，汉字夹着方言
"一定要醒着，提防他。"竹楼不隔音
有人在交代我的翻译。我假装睡着了
也果然抱着一柱月光，慢慢地睡去
再也不想如此耗下去，我想
等到天亮，我将说出我的

隐痛：一个走投无路的诗人
他来这儿，只是为了走走，结果他
迷上了木瓜、芒果和月亮

湄公河上的沙

在书架上，它们已成为
我生活的喜乐、情性和布施：一瓶
从湄公河岸上带回的沙。水的
亡魂，菩萨的泪。我视之为
光阴暴政下的炮灰，暴君的肉身
加急邮件里的灰。夜阑人静，我设想
能不能从中分析出几缕月光
和血丝，能不能从中把圣徒摇醒
求他们，给死去的水，描绘波纹
没有姓氏、性别、职业，也测不出
骨龄和心智。每一粒的重量和体积
惊人地一致，惊人地共用着
一个集体主义记忆。是可以肯定
它们各怀身世，有不同的阅历
远征、谪贬、亡命，独立却又彼此
搂得很紧，数不清的发条，在暗中
一再拧，拧出了水。宿命一直
是个谜，没有轴心可以长久
看得见的硬碰硬，感受得到的
个性丧失，却是多么的绵绵不休
我怀疑自己的凶心也大于悲悯
取沙，取回的是迷魂阵，而且从来

都不仿鸵鸟，把头埋进沙里

旁观，吸髓有味。有时，还会

拿起瓶子，摇了又摇，期望从中

得到又一个迷魂阵，听见新的杀伐声

或接吻声，以及水声无限的可能性

在结束的地方，没有归宿，而是

险象环生。在一个瓶子里。悖论如斯——

菩萨的泪还是热的，水的亡魂已冷

集体主义的虫叫

窃窃私语或鼓腹而鸣，整座森林
没有留下一丝空余。唯一听出的是青蛙
它们身体大一点，离人近一点
叫声，相对也更有统治力
整整一个晚上，坐在树上旅馆的床上
我总是觉得，阴差阳错，自己闯入了
昆虫世界愤怒的集中营，四周
无限辽阔的四周，全部高举着密集的
努力张大的嘴，眼睛圆睁，胸怀起伏
叫，是大叫，恶狠狠地叫，叫声里
翻飞着带出的心肝和肺。我多次
打开房门，走到外面，想知道
除了蛙，都是些什么在叫，为什么
要这么叫。黑黢黢的森林、夜幕
都由叫声组成，而我休想
在一根树枝上，找到一个叫声的发源地
尽管这根树枝，它的每张叶子，上面
都掉满了舌头和牙齿。我不认为
那是静谧，也非天籁，排除本能
和无意识，排除个体的恐惧和集体的
焦虑，我乐于接受这样的观点：森林
太大，太黑，每只虫子，只有叫

才能明确自己的身份，也才能
传达自己所在位置。天亮了
虫声式微，离开旅馆的时候，我听到了
一声接一声的猿啼。这些伟大的
体操运动员，在林间，腾挪，飞纵
空翻，然后，叫，也是大叫
一样的不管不顾，一样的撕心裂肺

树上旅馆

它建在一棵常见的大青树上
三个窗子，一道木门
朝着南方的窗，看不见天空
都是冗繁的藤条和老树
偶尔看见长臂猿，从上面路过
东面的窗子，一条小河，没有出处
山洪暴涨时，撞倒的栲树
横卧在水面上，一片狼藉
西边的窗户要大一些，可以
坐上窗台，一个魂不守舍的斜坡
一直向下，下到几十公里外的
澜沧江河谷。它的竹林和树冠
常常顶着一轮落日。我客居那儿
的日子，木门从来没有关过
它对着树丛中的一汪碧水
水上的睡莲，每天都托清风
送一些香气过来，对一个
悬空的人来说，那几乎是个妙香国

大　象

几头大象从森林中出来
它们想从基诺山，前往大渡岗
曾经自由的通道，被拦腰折断
太阳在上，树被砍光
一条横穿的高速公路，很像
滔滔无阻的澜沧江。只有横穿了
带头的那头大象，一脚，两脚……
费了很大的劲，才把金属隔离栏
踢飞到通往世界的路上
它像个国王，掉头喊了一声
几头大象，出现在了
时代的广告牌上。非常不幸
正是这个时候，一辆子弹头轿车
像子弹一样，射向了国王
国王庞大的身躯，转了几个圈子
才停了下来……结局来自昆明
一张报纸：司机被吓得弃车逃亡
几头大象，对着钢铁怪物
一阵狂踩，"像踩躏一头惹它们生气
的狼。"我怀疑那位记者是个绿党
结尾处，他写了一句："万幸的是
在这飞来的横祸中，国王

只受了一点轻伤，它结实的臂部
似乎比钢铁还要硬朗……"

两头大象从我身边经过

它们轰隆轰隆的脚步声
突然就从树林中传了出来，伴着枝条
折断之声和汽车轰鸣似的呼吸
土地在震颤，空气像受到冲击的玻璃
当它们出现在我的眼前，庞大的身躯
像两座移动的皇陵
像寺庙中的两尊大神
走下神坛，向人间迈开了步伐
那一瞬，一种生命对另一种生命
散发的天生的威慑力、冲击力和统治力
令我内心崩溃，令我眩晕，令我窒息
令我的体量缩小，再缩小
它们从我身边经过，视我如无物
我主动示弱，藏身于灌木丛
目送它们远去，双手死死抱住自己
像抱着一头侥幸逃生的小野兽
像抱着一棵突然软下来的松树

敌　意

流水我有敌意，斜坡、暮色
与太阳同辉的月亮，我也有敌意
请我吃果子狸、蟒蛇和穿山甲的人
我与他终生为敌。我给对面
坐立不安的屠夫新买了刀斧
他发现我对他的敌意
比刀斧还锋利。中午的时候
在芒果树下乘凉，几个失学少年在我顶上
掏鸟巢，频频踩断树枝
我对乡政府所在的小镇
顿生敌意：它攒动的人群中
大多数的人头已经被洗劫一空
大多数的人心布满了弹洞
大多数的人影，离开小镇时
醉得踉踉跄跄，却不知道
有人偷换了自己的味觉和视力
还将自己的五官、四肢和灵魂
——调小了比例

燃　烧

一朵朵云，不知从哪儿飘来

在生杀予夺的天空

变幻着不同的外形

奔马、天鹅、绵羊、野狗……

我很在意它们是什么

细辨肉身，证明我还是一个用肉身活着的人

然而，当它们在落日中燃烧，自愿

化成黑色的灰烬

我却有肉身之上的蒙羞之耻、自焚之悲

啄木鸟

地皮下面，有肉眼看不见的草籽
它们在我的关节和疤痕里
猛然醒来，具有爆炸性
也有革命性。我的眼角
曾经长出过青草，我的耳膜
曾经被草茎刺穿。我知道，春天
由内向外，来过了很多很多次
甚至按顺序，带来了夏天的闪电
秋天的丧葬和冬天的火焰
但我讨厌时间的队列甚于讨厌
暴政下的封杀、刺配
甚于讨厌血光之灾后
被撬开牙齿，喂至腹中的还魂丹
时间还在诱拐我的梦想与苦厄
草籽仍在轮回萌芽与骚乱
地面之上，铁蹄之声铿锵悦耳
缅寺的诵经，将我超度了一遍又一遍
可我的反骨还没有腐朽
我对自由的向往还没有灭绝
我得在灭亡的过程中，在被活埋的
命运里，再挺一挺。每天
听那一只啄木鸟，咚咚咚地啄食枯木中的昆虫

咚咚咚，咚咚咚，它是

挽歌，亦是阴阳隔绝的问候

复仇记

一对双胞胎兄弟，在父亲

被老虎撕成碎片的丛林边上

修建房屋，耐心地住了下来

日子，布满仇恨

野花和岩浆，也弥漫着古老的杀气

他们早上搜山，下午练习射击

野猪、豹子、飞禽

纷纷以老虎之名死去

林中骤然刮起的旋风、草丛里的石头

色彩斑斓的树叶，身上都有

数不清的弹洞。他们养猫

天天睡前杀猫。他们买来

《虎啸图》，贴在悬崖、树身、陷阱

或随意丢在山坡上，每一张

都被子弹打成碎片，并将碎片

与猫肉一起，熬成粥……

这一天清晨，兄弟俩又进入了丛林

一个往东，一个向西，约好了

在一座破庙里会合

弟弟一路端着枪，撞上枪口的

照例有野兔、斑鸠、乌鸦

但他很快就抵达了破庙

而且，他看见，破庙的门槛边

有三只尽情嬉戏的幼虎，样子像猫

他的血液上涌，继而凝固

继而又燃烧。不过，他没有动枪

父亲传下来的经验，有幼虎的地方

周边一定有觅食的母虎

他取下背上的弩，上弦

三支毒箭射出去，破庙的门槛边

多出三摊虎血，在初升的阳光下

红，红得有反光。接下来

他才蹑手蹑脚地进入破庙

藏身于蛛网罩着的菩萨背后

在菩萨的肩上，支起了枪

枪口恶狠狠地对着阳光灿烂的庙门

是的，他没有等待多长时间

虎啸声很快就传了过来

身边的菩萨也为之一抖

随后，那头他和哥哥寻找多年的老虎

它终于出现了。世界也因此

顿时疯狂、失控、虚空

他找不到一丝力量再扣动扳机

他看见，老虎在三只幼虎的尸体旁

停下，继而一声接一声地长啸

老虎的背上，扛着他

死不瞑目的哥哥

图书在版编目（ＣＩＰ）数据

西双版纳在天边 / 雷平阳著；许云华摄影. -- 武
汉 : 长江文艺出版社， 2021.1
ISBN 978-7-5702-1594-2

Ⅰ. ①西… Ⅱ. ①雷…②许… Ⅲ. ①诗集－中国－
当代 Ⅳ. ①I227

中国版本图书馆 CIP 数据核字（2020）第 079082 号

责任编辑：谈 骁　朱 焱　　　　　责任校对：毛 娟
封面设计：祁泽娟　　　　　　　　　责任印制：邱 莉　王光兴

出版：长江出版传媒 | 长江文艺出版社
地址：武汉市雄楚大街 268 号　　　　邮编：430070
发行：长江文艺出版社
http://www.cjlap.com
印刷：湖北新华印务有限公司

开本：880 毫米×1230 毫米　　1/32　　印张：6.875　插页：4 页
版次：2021 年 1 月第 1 版　　　　2021 年 1 月第 1 次印刷
行数：4657 行

定价：58.00 元